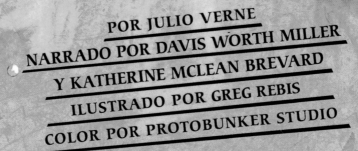

VIAJE AL CENTRO DE LA TIERRA

POR JULIO VERNE

NARRADO POR DAVIS WORTH MILLER

Y KATHERINE MCLEAN BREVARD

ILUSTRADO POR GREG REBIS

COLOR POR PROTOBUNKER STUDIO

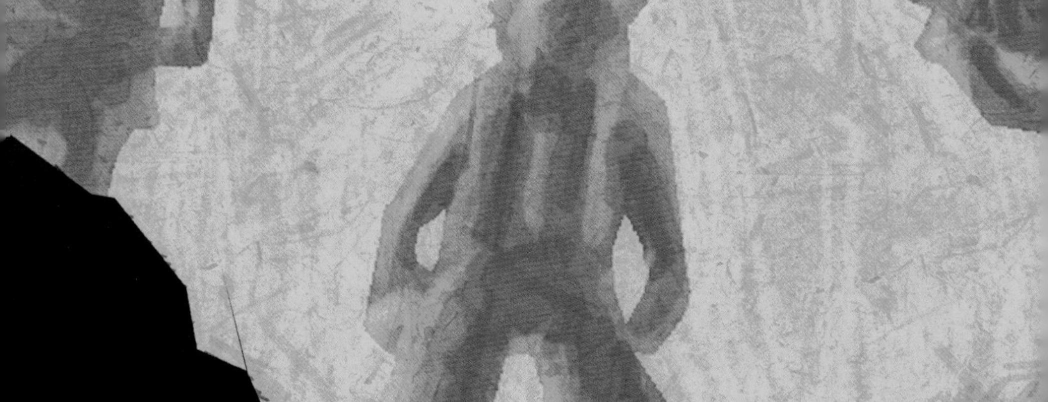

STONE ARCH BOOKS
Minneapolis San Diego

Graphic Revolve es publicado por Stone Arch Books
A Capstone Imprint
1710 Roe Crest Drive
North Mankato, Minnesota 56003
www.capstonepub.com

Librería del Congreso Catalogando Data en Publicación
Miller, Davis.
    [Journey to the Center of the Earth. Spanish]
    Viaja al Centro de la Tierra / by Jules Verne; retold by Davis Worth Miller
and Katherine M. Brevard; illustrated by Greg Rebis; translated by Sara Tobon.
    p. cm.
    ISBN 978-1-4342-1687-8 (library binding)
    ISBN 978-1-4342-2276-3 (softcover)
    1. Graphic novels. [1. Graphic novels. 2. Explorers—Fiction. 3. Science fiction.]
I. Brevard, Katherine McLean. II. Rebis, Greg, ill. III. Tobon, Sara. IV. Verne, Jules,
1828–1905. Journey to the center of the earth. V. Title.
PZ73.M487 Vi 2010
741.5'973—dc22   2009013687

Resumen: ¡Axel y su tío encuentran una nota que describe un camino al centro de la Tierra! Los
hombres descienden a lo profundo de un volcán y descubren maravillas sorprendentes. También
afrontan el peligro que los podría atrapar para siempre por
debajo de la superficie de la Tierra.

Director Creativo: Heather Kindseth
Diseño Gráfico: Kay Fraser
Traducción del Inglés: Sara Tobon

Impreso en los Estados Unidos de América.
756

TABLA DE CONTENIDOS

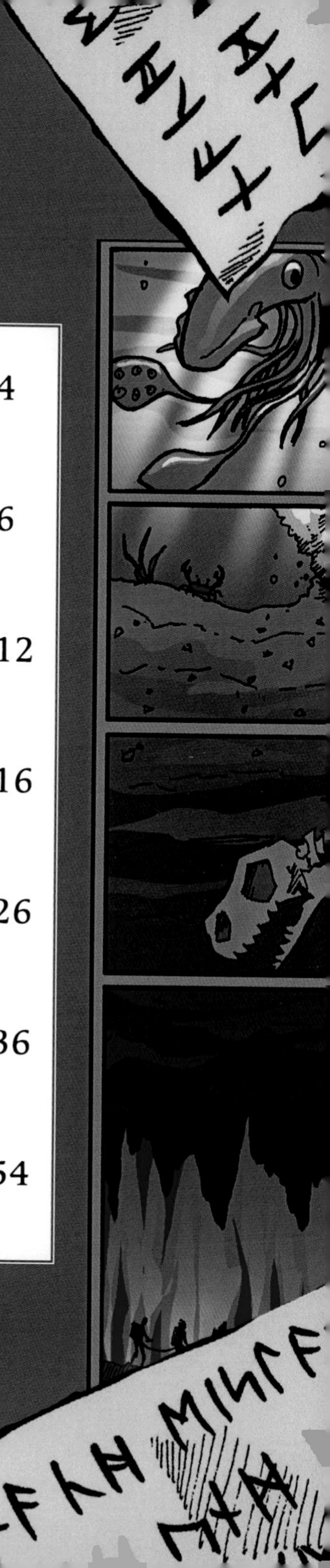

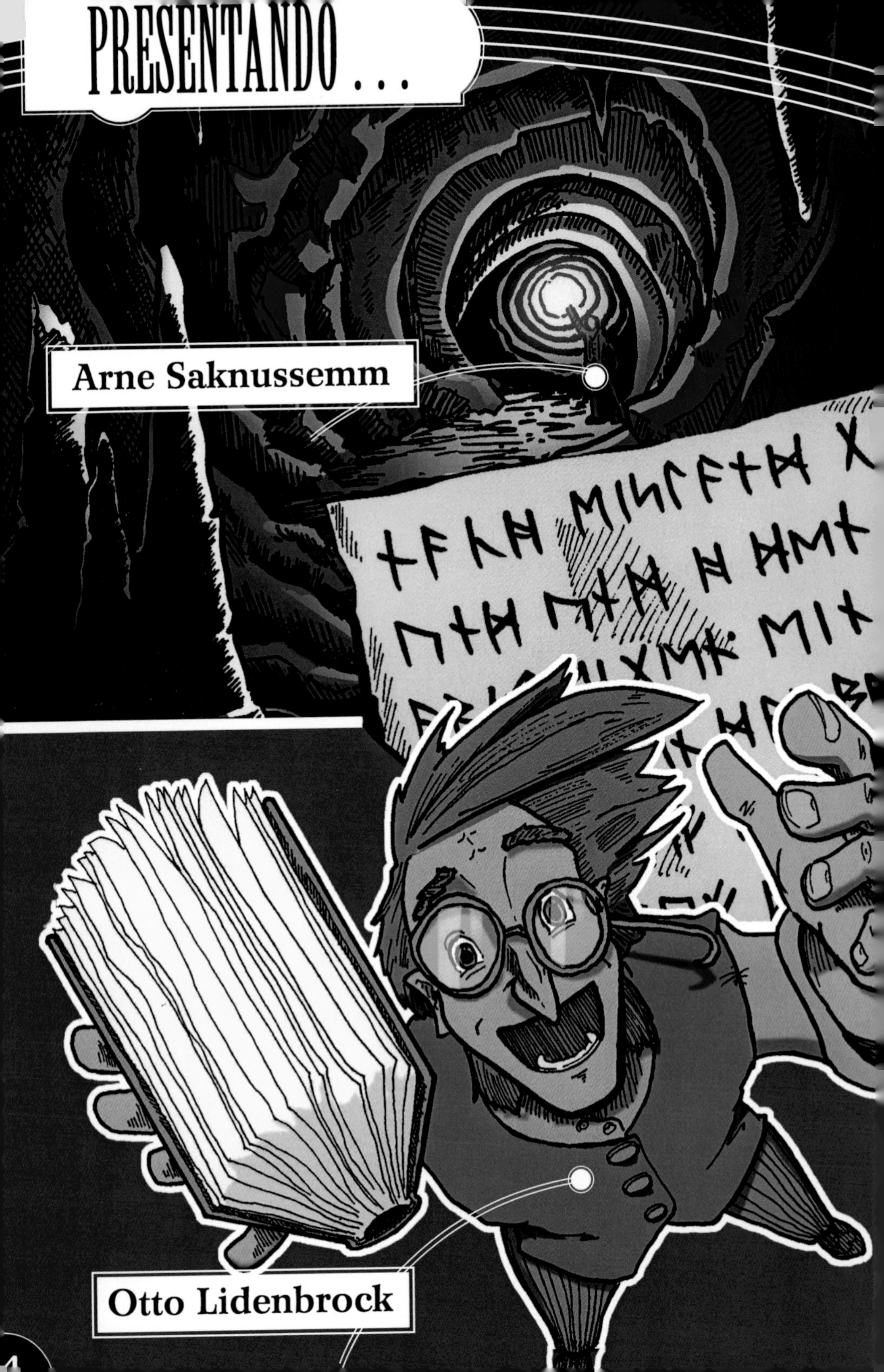
PRESENTANDO . . .
Arne Saknussemm
Otto Lidenbrock

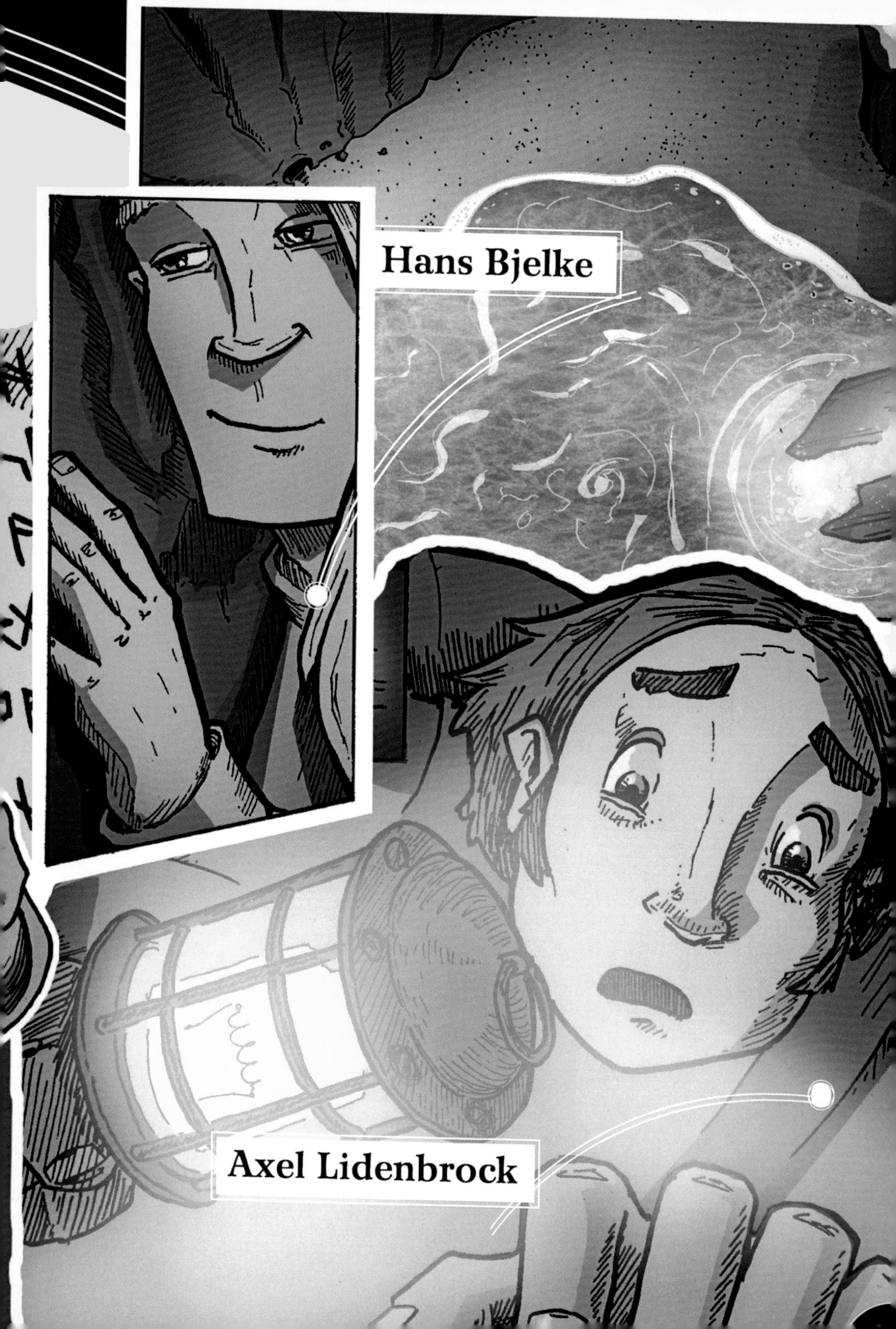
Hans Bjelke
Axel Lidenbrock

CAPIT LO 1 UN GRAN ESCUBRIMIENTO

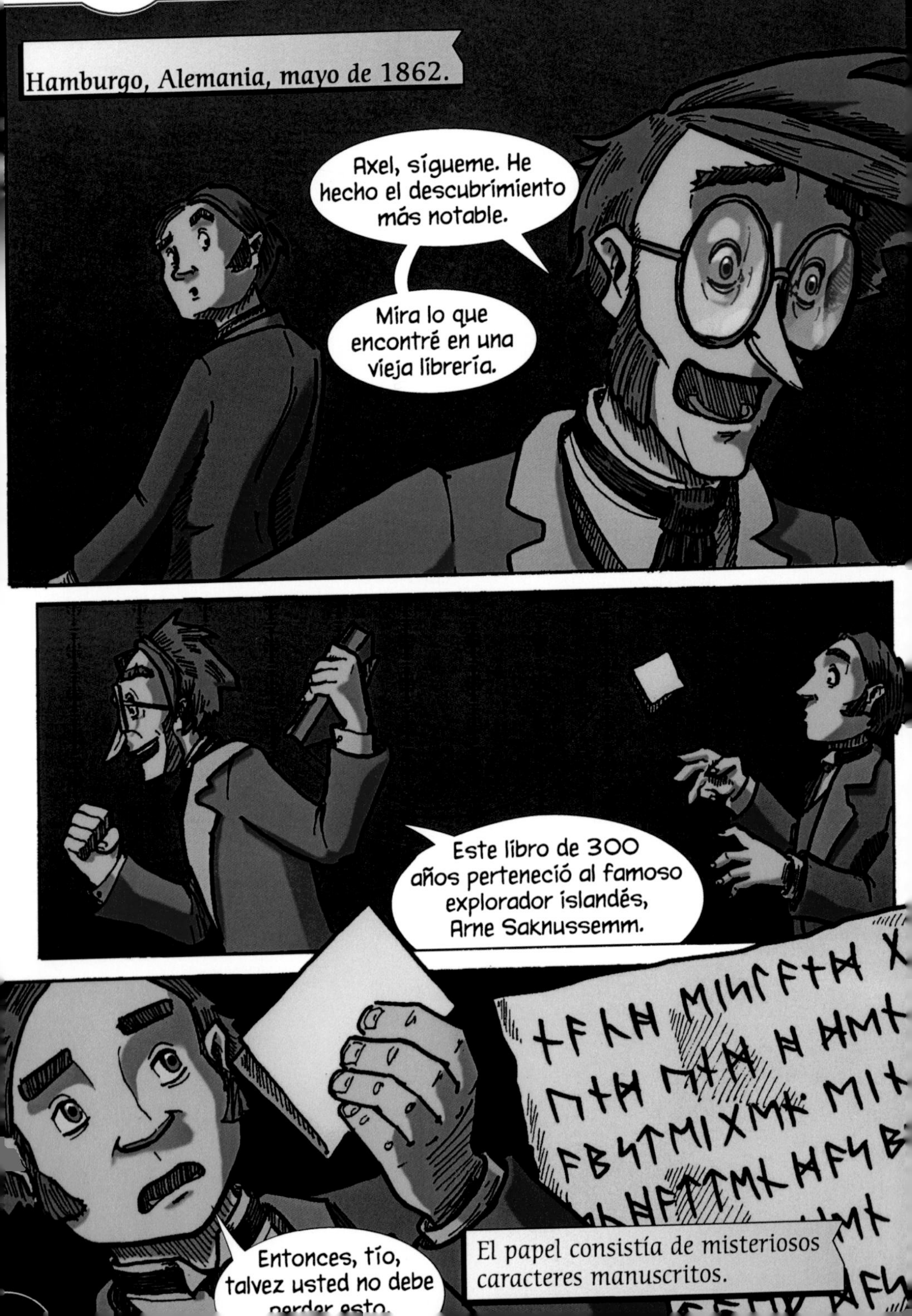
Hamburgo, Alemania, mayo de 1862.
Axel, sígueme. He hecho el descubrimiento más notable.
Mira lo que encontré en una vieja librería.
Este libro de 300 años perteneció al famoso explorador islandés, Arne Saknussemm.
Entonces, tío, talvez usted no debe
El papel consistía de misteriosos caracteres manuscritos.

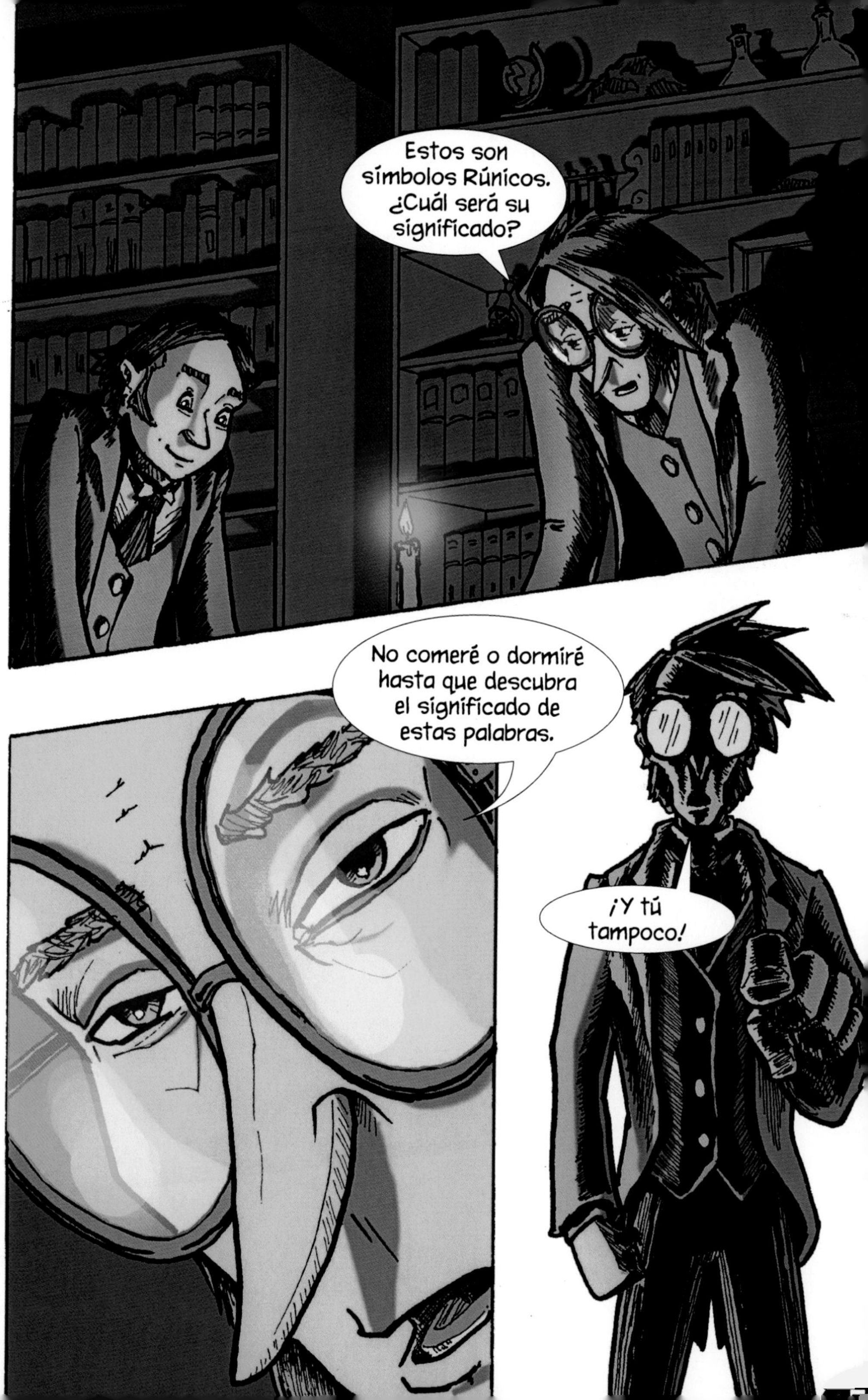
Estos son símbolos Rúnicos. ¿Cuál será su significado?
No comeré o dormiré hasta que descubra el significado de estas palabras.
¡Y tú tampoco!

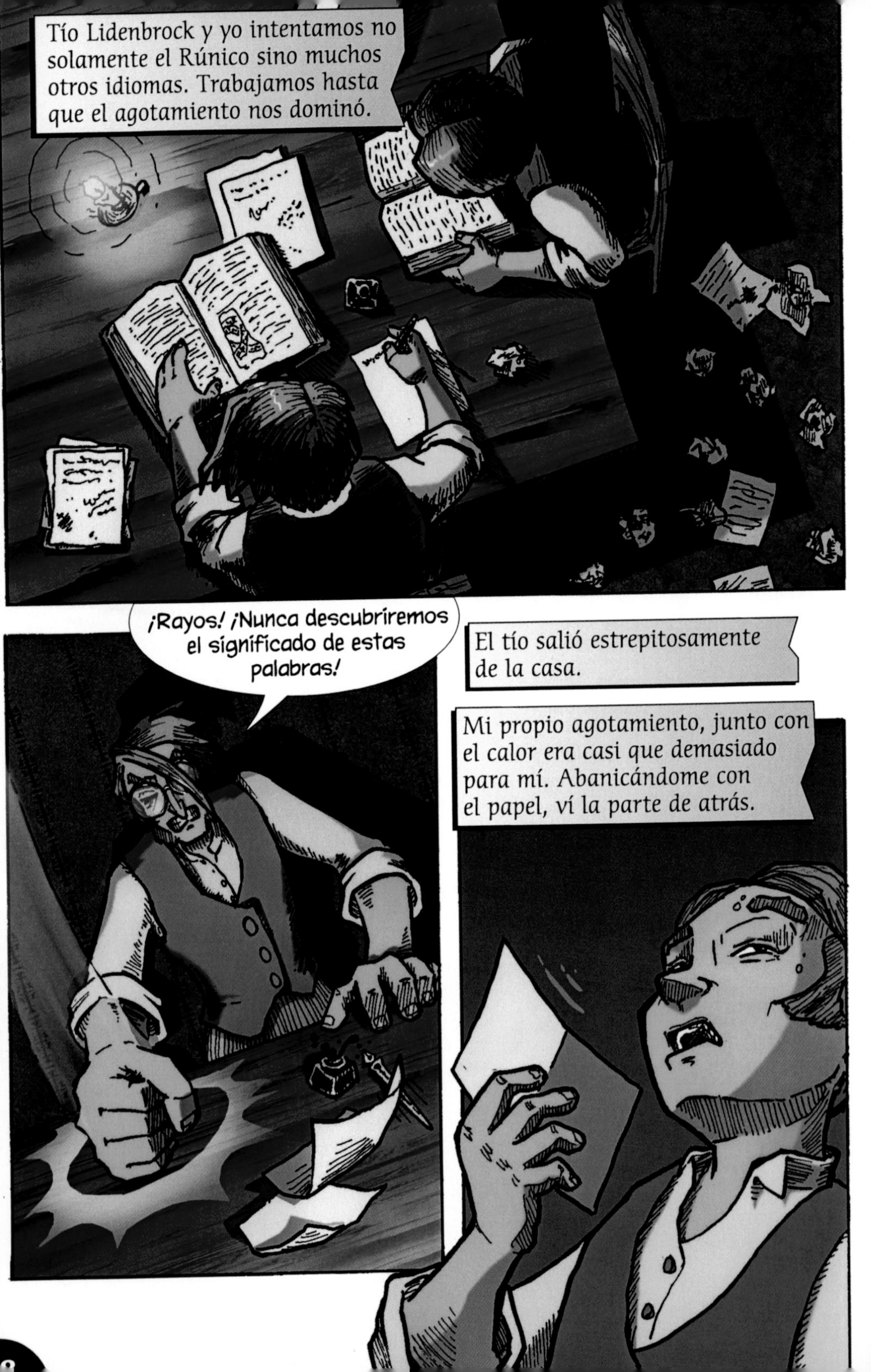
Tío Lidenbrock y yo intentamos no solamente el Rúnico sino muchos otros idiomas. Trabajamos hasta que el agotamiento nos dominó.
¡Rayos! ¡Nunca descubriremos el significado de estas palabras!
El tío salió estrepitosamente de la casa.
Mi propio agotamiento, junto con el calor era casi que demasiado para mí. Abanicándome con el papel, ví la parte de atrás.

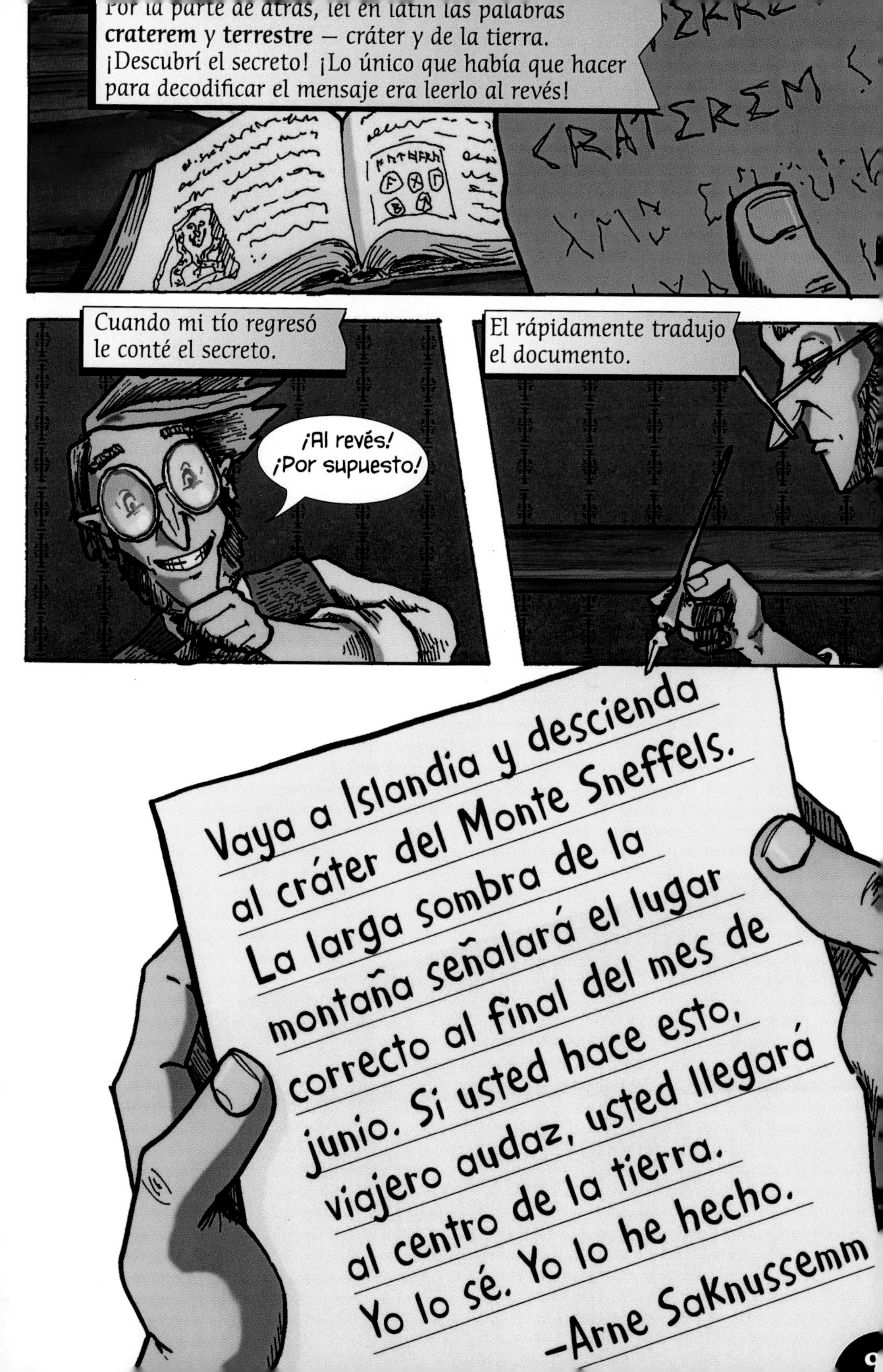
Por la parte de atrás, leí en latín las palabras **craterem** y **terrestre** — cráter y de la tierra. ¡Descubrí el secreto! ¡Lo único que había que hacer para decodificar el mensaje era leerlo al revés!
CRATEREM
Cuando mi tío regresó le conté el secreto.
¡Al revés! ¡Por supuesto!
El rápidamente tradujo el documento.
Vaya a Islandia y descienda al cráter del Monte Sneffels. La larga sombra de la montaña señalará el lugar correcto al final del mes de junio. Si usted hace esto, viajero audaz, usted llegará al centro de la tierra. Yo lo sé. Yo lo he hecho.
—Arne Saknussemm

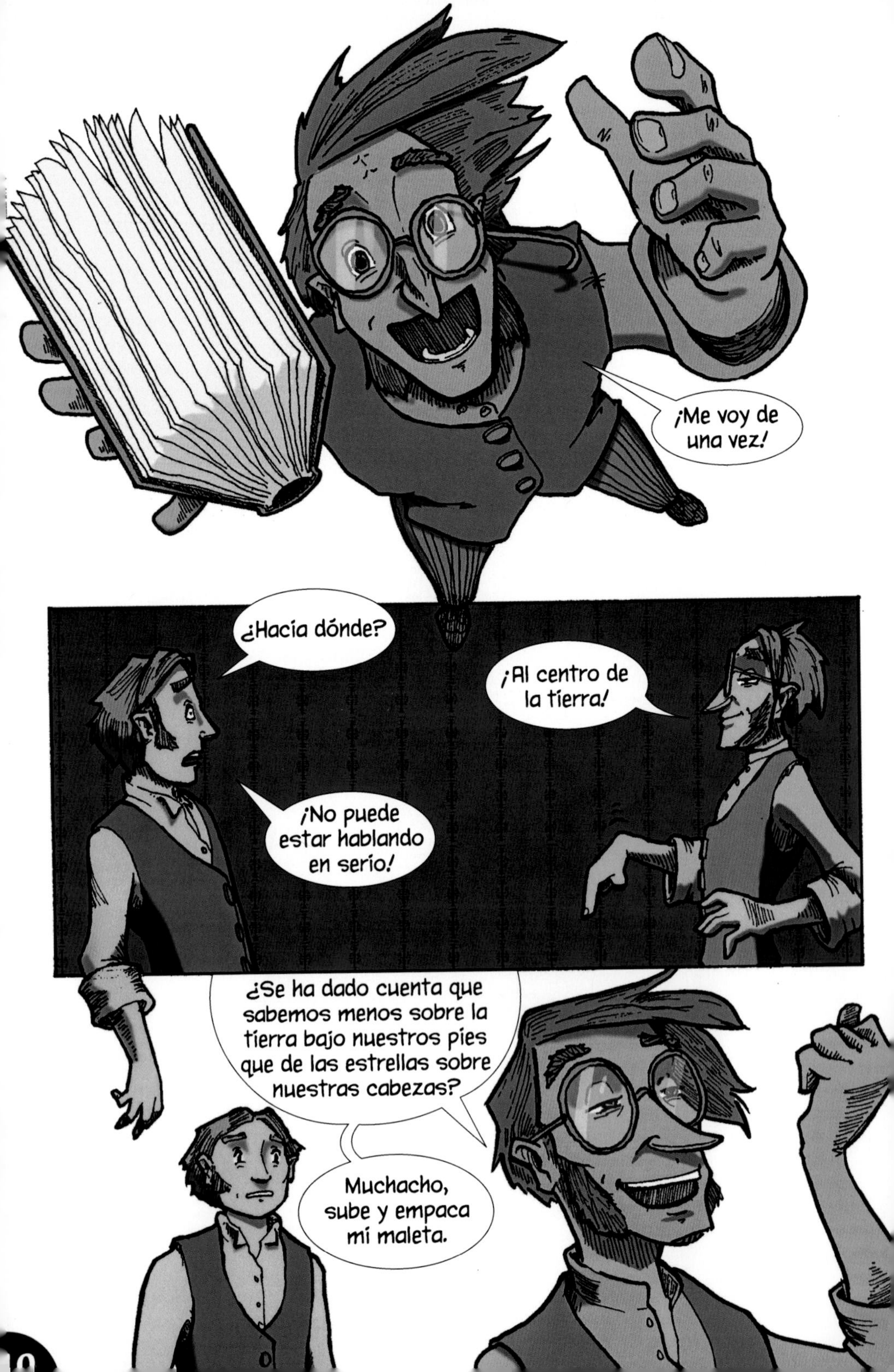
¡Me voy de una vez!
¿Hacia dónde?
¡Al centro de la tierra!
¡No puede estar hablando en serio!
¿Se ha dado cuenta que sabemos menos sobre la tierra bajo nuestros pies que de las estrellas sobre nuestras cabezas?
Muchacho, sube y empaca mi maleta.

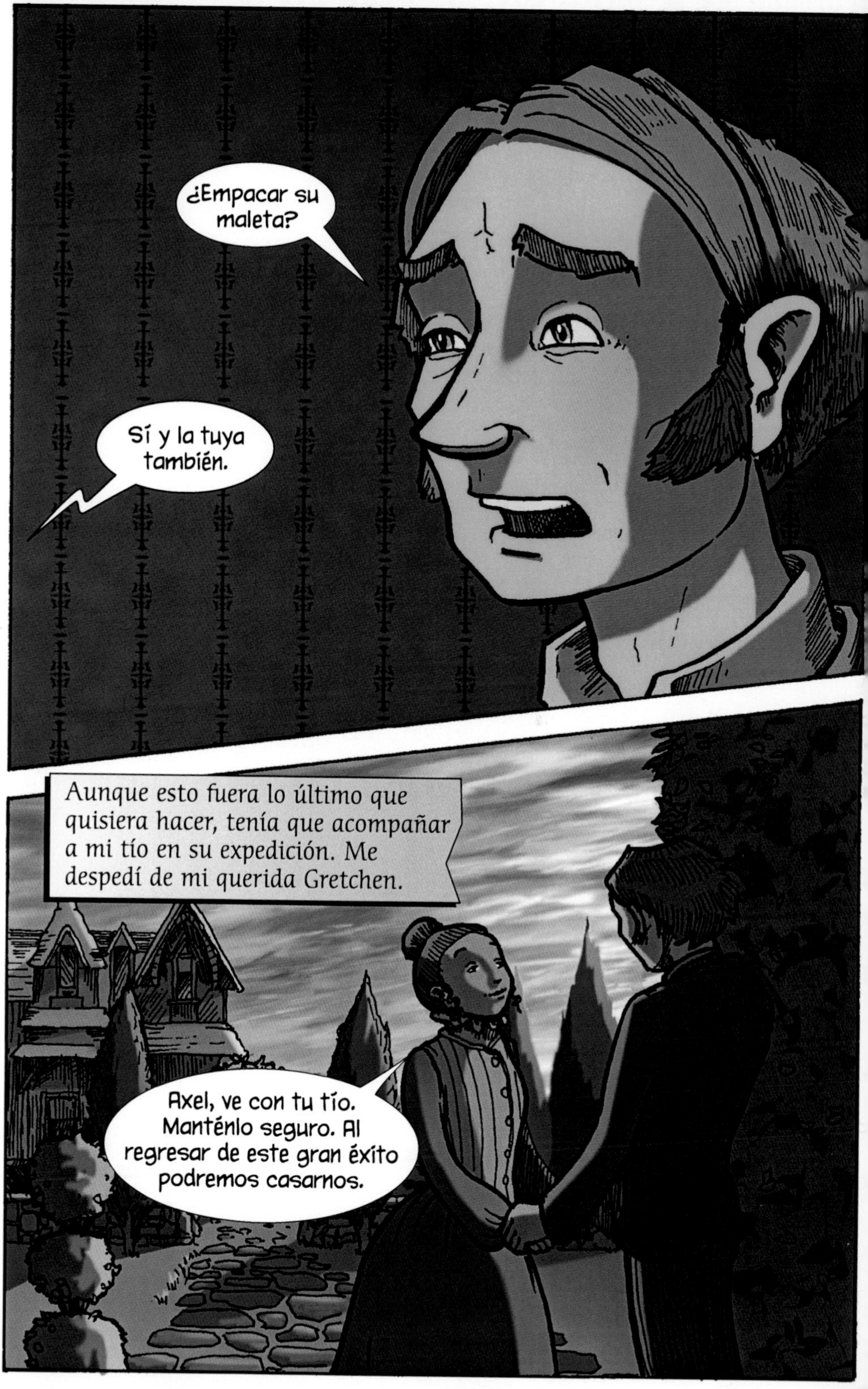
¿Empacar su maleta?
Sí y la tuya también.
Aunque esto fuera lo último que quisiera hacer, tenía que acompañar a mi tío en su expedición. Me despedí de mi querida Gretchen.
Axel, ve con tu tío. Manténlo seguro. Al regresar de este gran éxito podremos casarnos.

APITULO 2 COM[illegible]NZA NUEST[illegible]O VIAJE

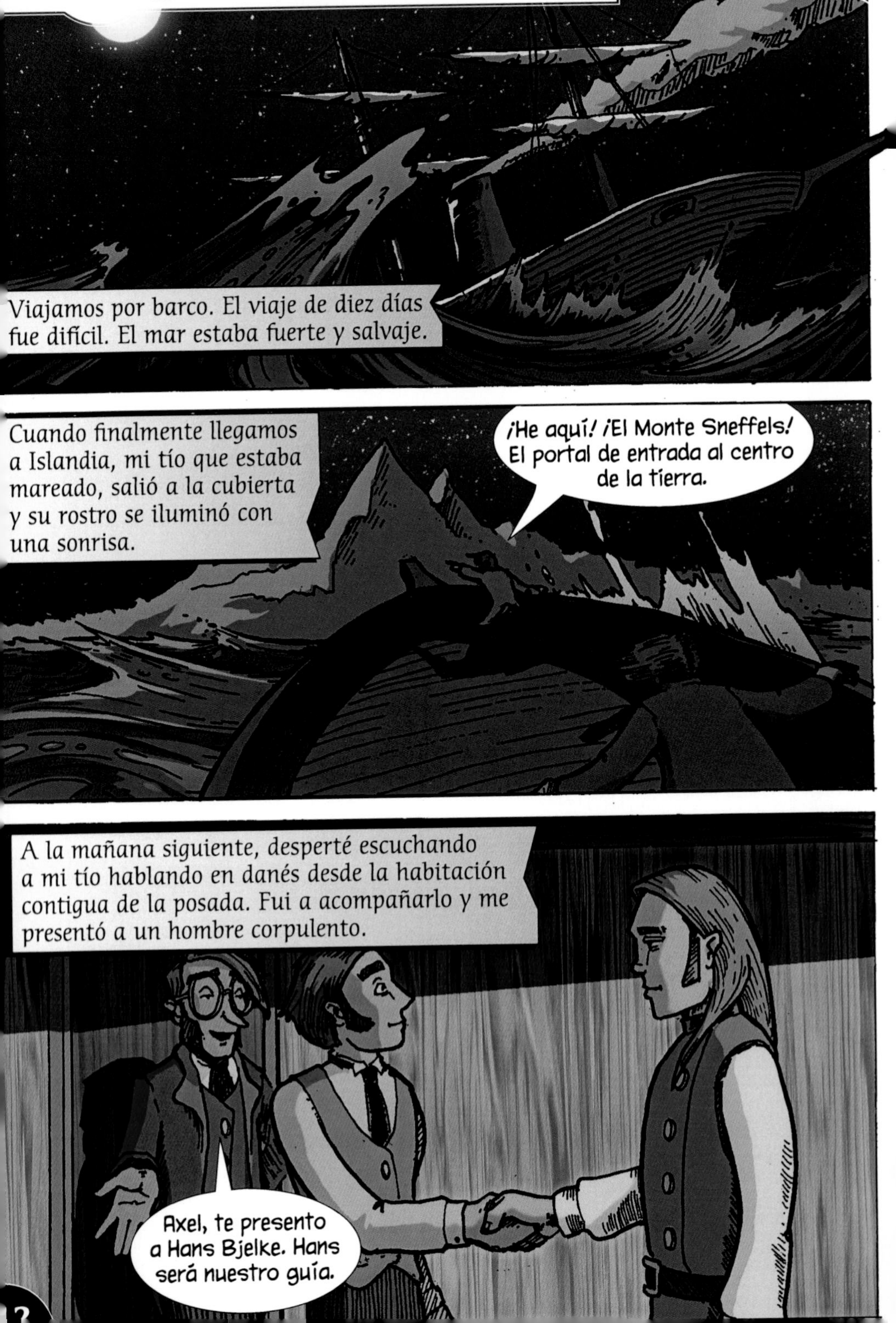

Viajamos por barco. El viaje de diez días fue difícil. El mar estaba fuerte y salvaje.
Cuando finalmente llegamos a Islandia, mi tío que estaba mareado, salió a la cubierta y su rostro se iluminó con una sonrisa.
¡He aquí! ¡El Monte Sneffels! El portal de entrada al centro de la tierra.
A la mañana siguiente, desperté escuchando a mi tío hablando en danés desde la habitación contigua de la posada. Fui a acompañarlo y me presentó a un hombre corpulento.
Axel, te presento a Hans Bjelke. Hans será nuestro guía.

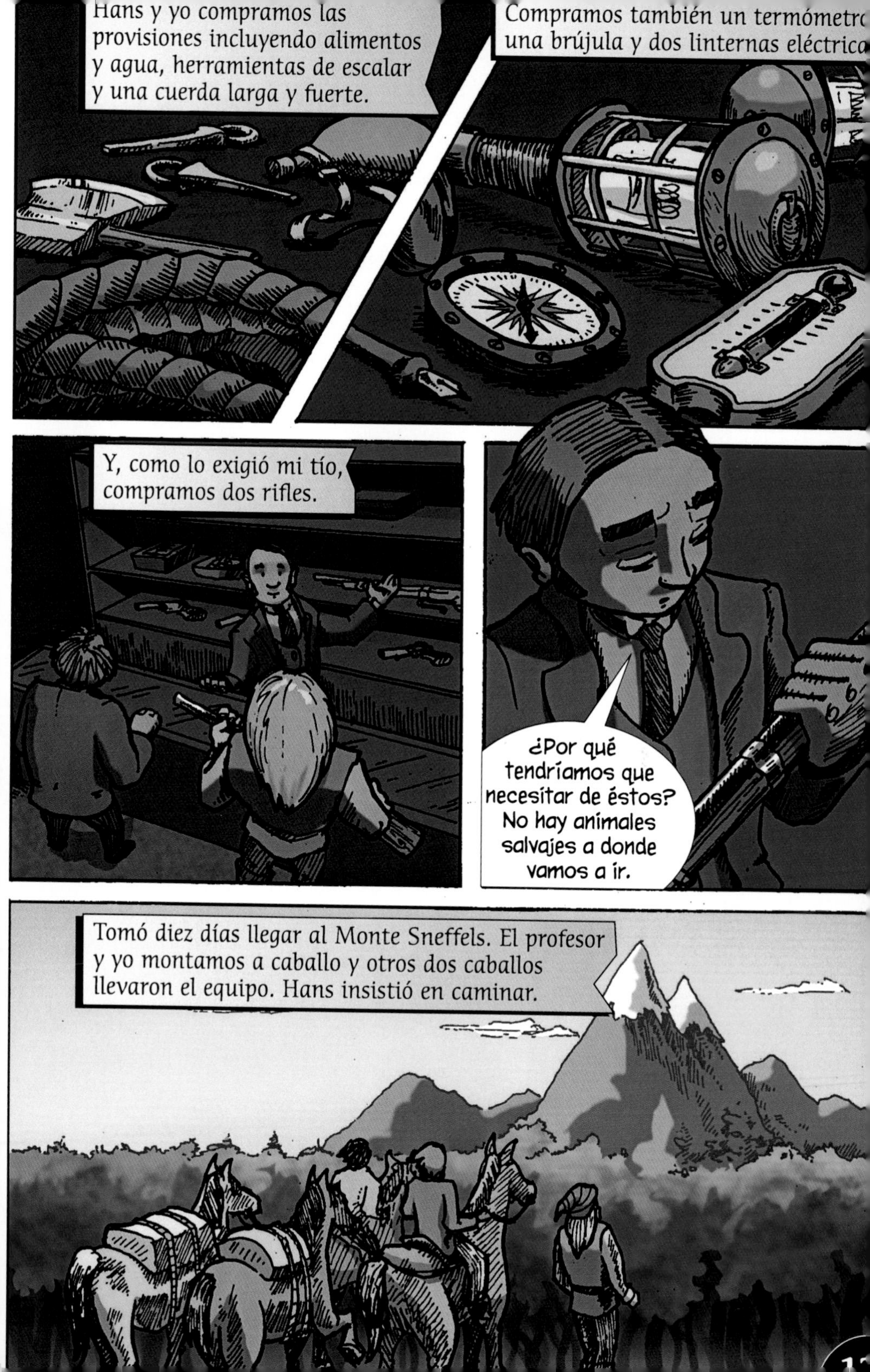
Hans y yo compramos las provisiones incluyendo alimentos y agua, herramientas de escalar y una cuerda larga y fuerte.
Compramos también un termómetro, una brújula y dos linternas eléctricas.
Y, como lo exigió mi tío, compramos dos rifles.
¿Por qué tendríamos que necesitar de éstos? No hay animales salvajes a donde vamos a ir.
Tomó diez días llegar al Monte Sneffels. El profesor y yo montamos a caballo y otros dos caballos llevaron el equipo. Hans insistió en caminar.

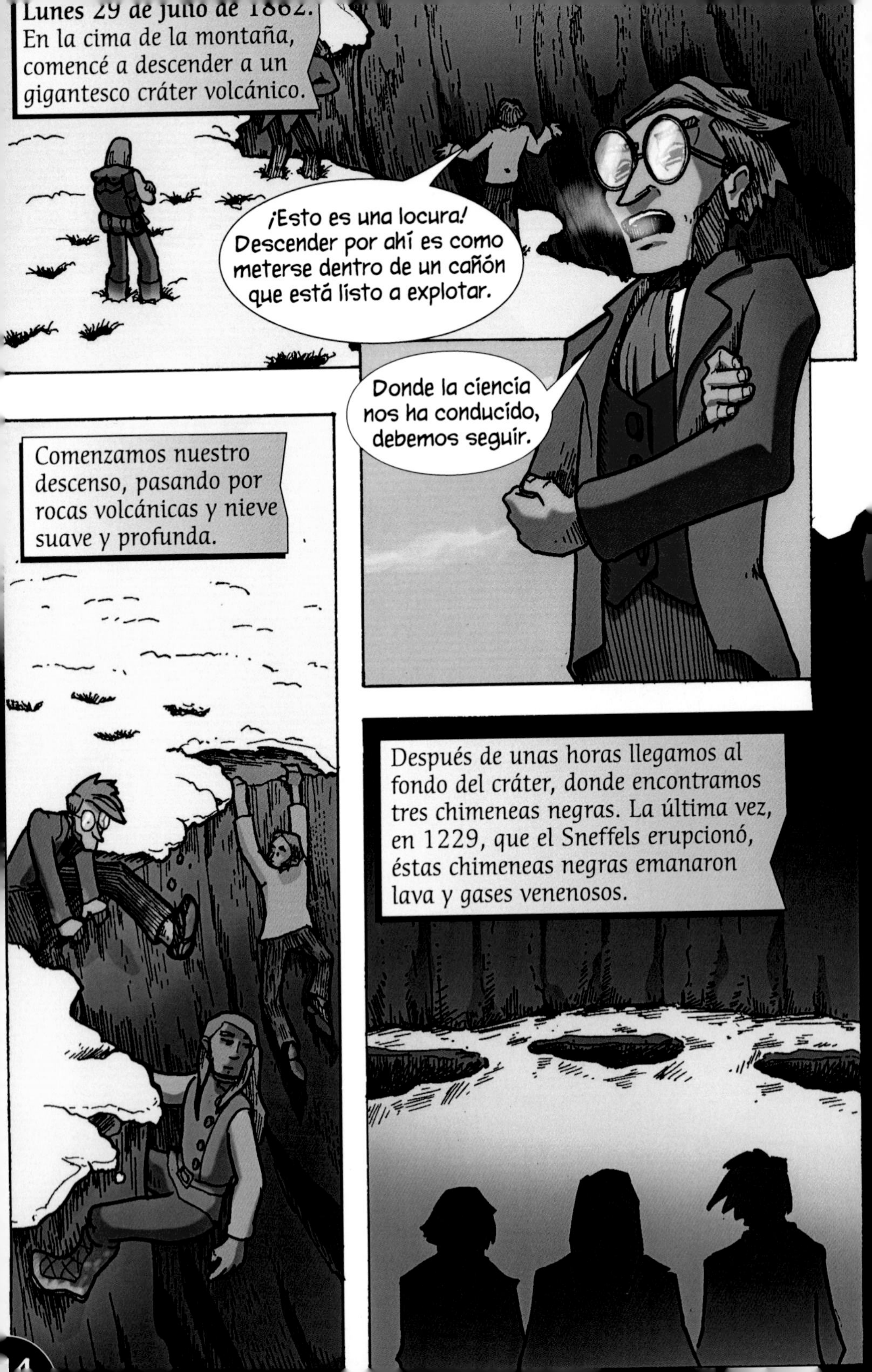

Lunes 29 de julio de 1862.
En la cima de la montaña, comencé a descender a un gigantesco cráter volcánico.
¡Esto es una locura! Descender por ahí es como meterse dentro de un cañón que está listo a explotar.
Donde la ciencia nos ha conducido, debemos seguir.
Comenzamos nuestro descenso, pasando por rocas volcánicas y nieve suave y profunda.
Después de unas horas llegamos al fondo del cráter, donde encontramos tres chimeneas negras. La última vez, en 1229, que el Sneffels erupcionó, éstas chimeneas negras emanaron lava y gases venenosos.

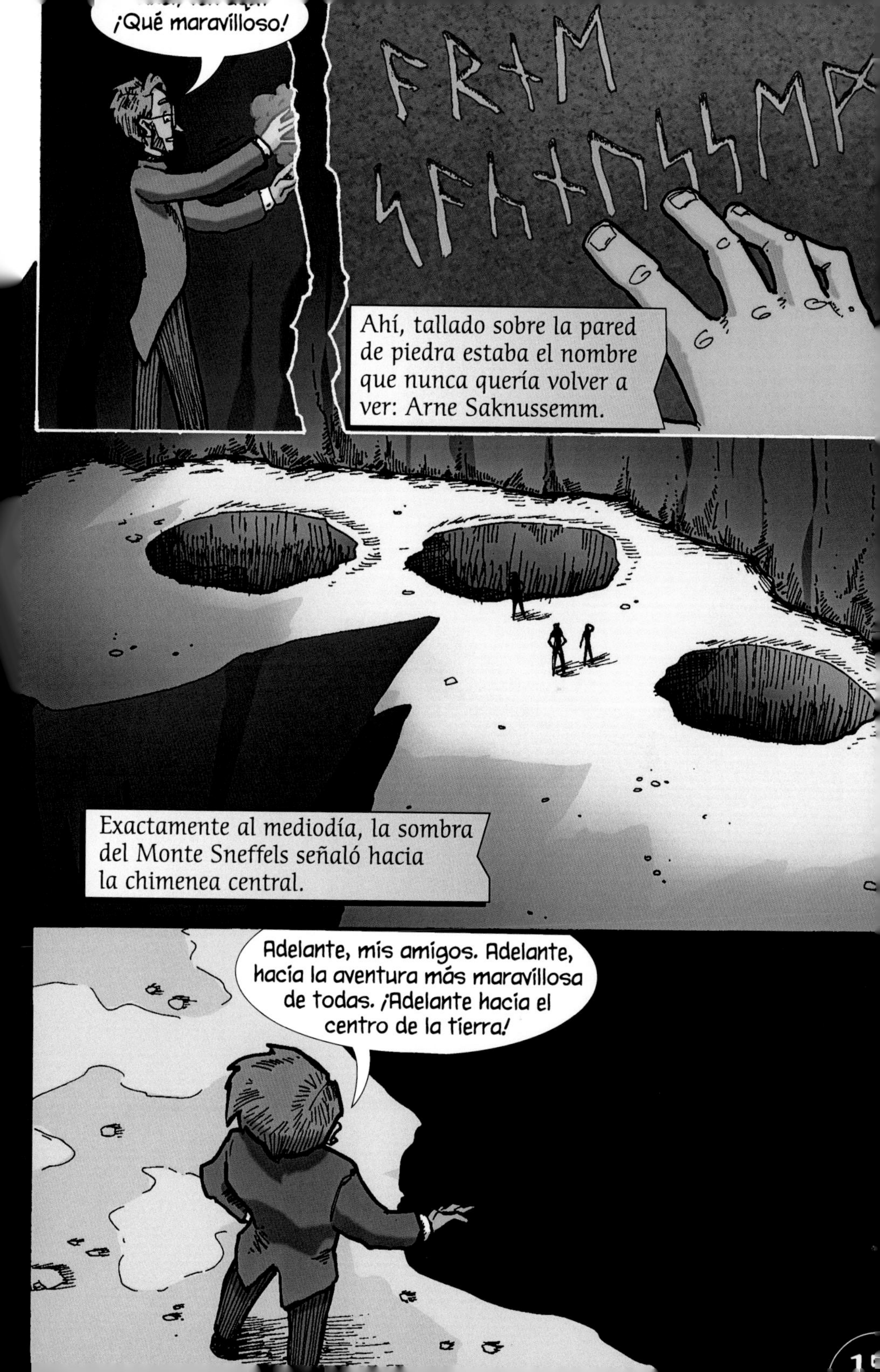
¡Qué maravilloso!
Ahí, tallado sobre la pared de piedra estaba el nombre que nunca quería volver a ver: Arne Saknussemm.
Exactamente al mediodía, la sombra del Monte Sneffels señaló hacia la chimenea central.
Adelante, mis amigos. Adelante, hacia la aventura más maravillosa de todas. ¡Adelante hacia el centro de la tierra!

API ULO 3 HACIA LAS ENTRA AS DE LA IERRA

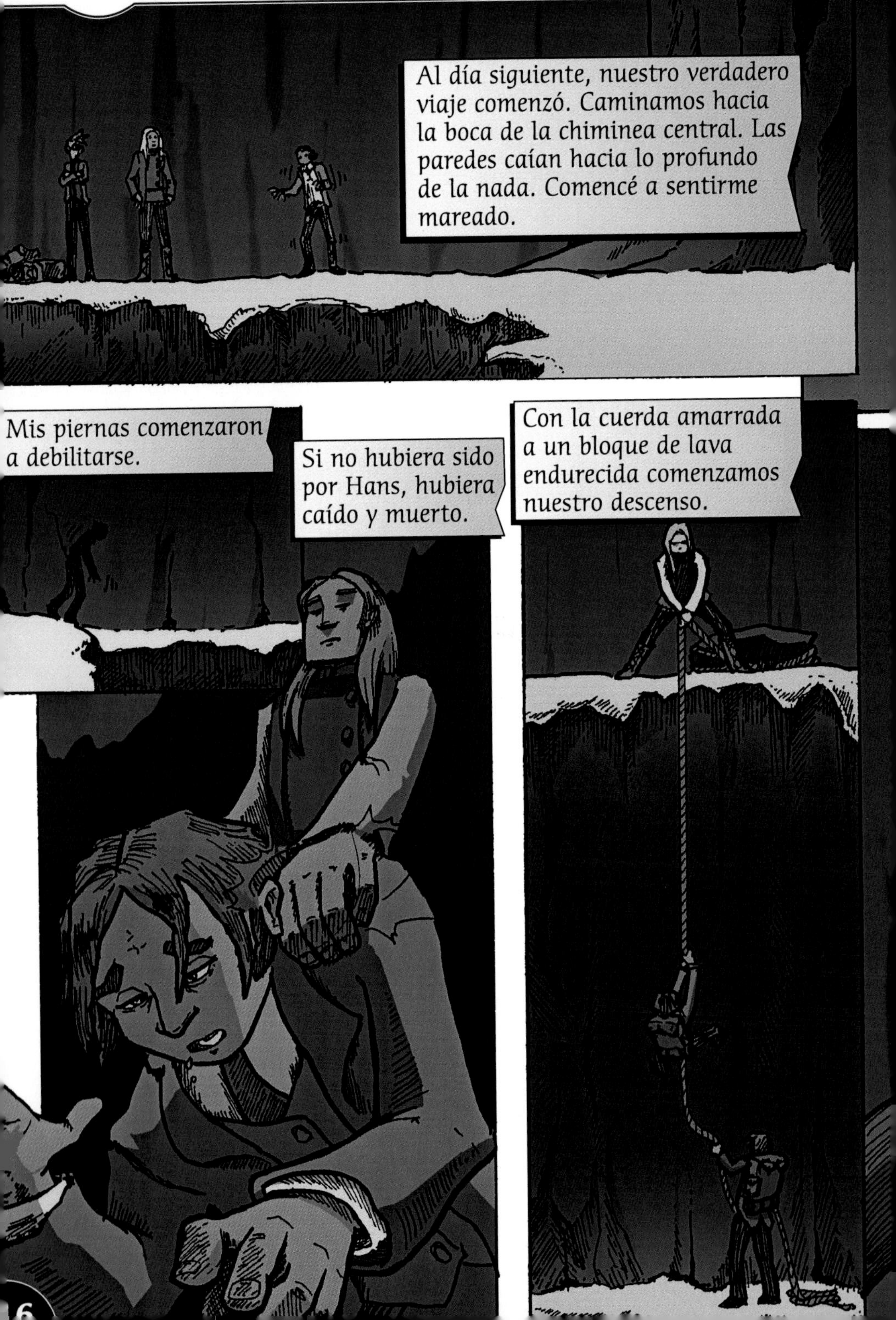
Al día siguiente, nuestro verdadero viaje comenzó. Caminamos hacia la boca de la chiminea central. Las paredes caían hacia lo profundo de la nada. Comencé a sentirme mareado.
Mis piernas comenzaron a debilitarse.
Si no hubiera sido por Hans, hubiera caído y muerto.
Con la cuerda amarrada a un bloque de lava endurecida comenzamos nuestro descenso.

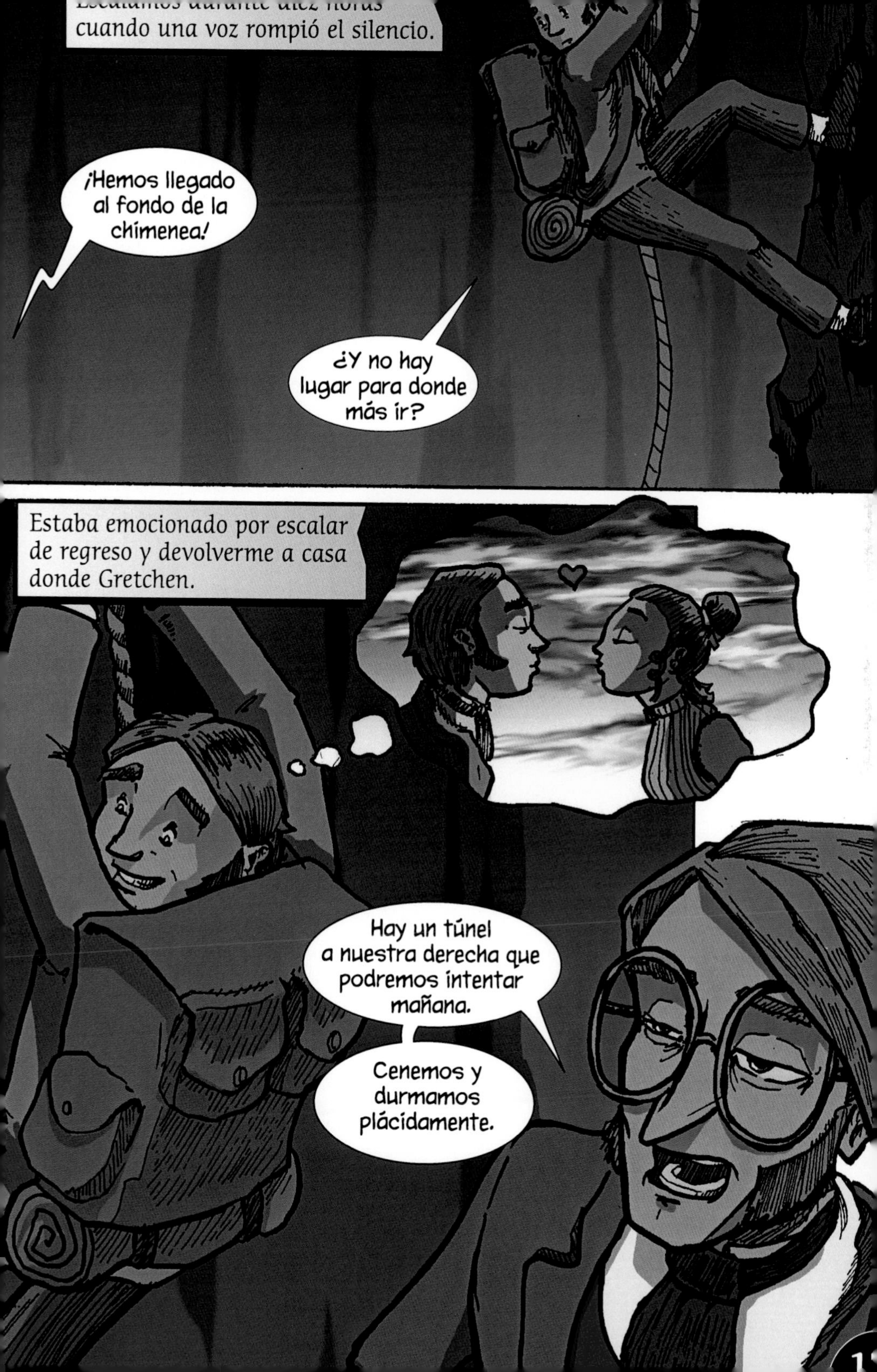
cuando una voz rompió el silencio.
¡Hemos llegado al fondo de la chimenea!
¿Y no hay lugar para donde más ir?
Estaba emocionado por escalar de regreso y devolverme a casa donde Gretchen.
Hay un túnel a nuestra derecha que podremos intentar mañana.
Cenemos y durmamos plácidamente.

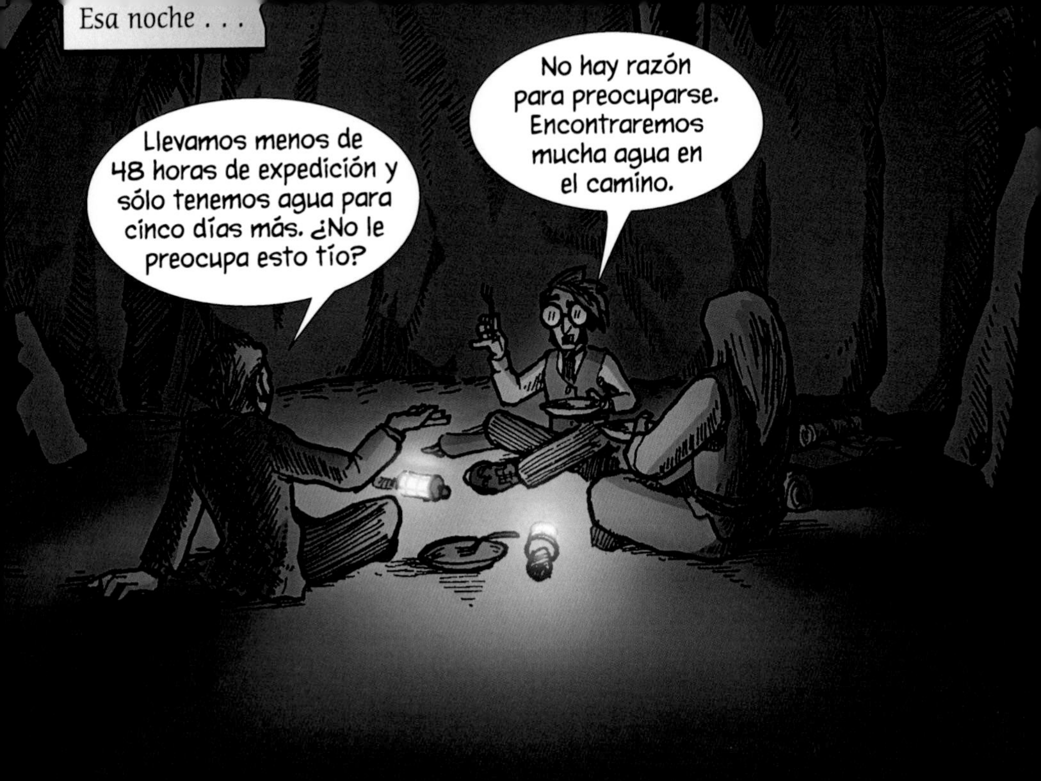
Esa noche . . .
Llevamos menos de 48 horas de expedición y sólo tenemos agua para cinco días más. ¿No le preocupa esto tío?
No hay razón para preocuparse. Encontraremos mucha agua en el camino.

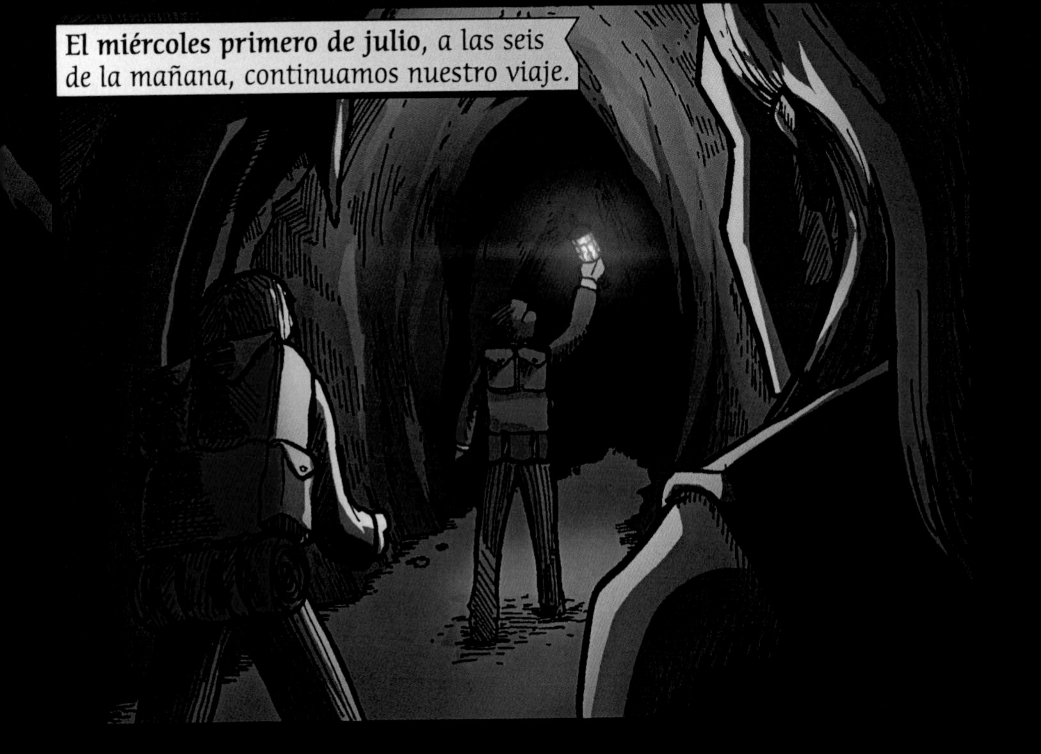
El miércoles primero de julio, a las seis de la mañana, continuamos nuestro viaje.

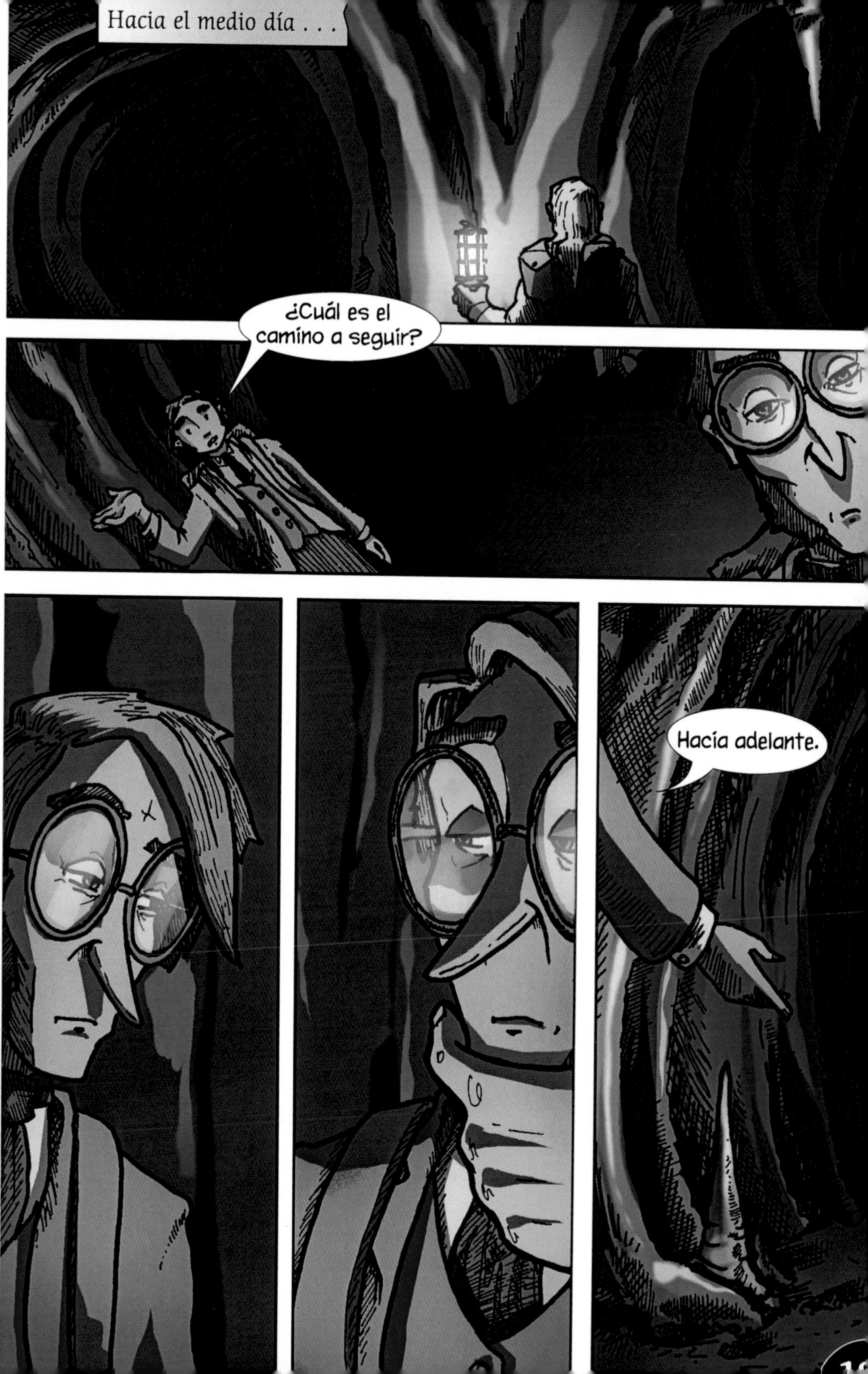
Hacia el medio día . . .
¿Cuál es el camino a seguir?
Hacia adelante.

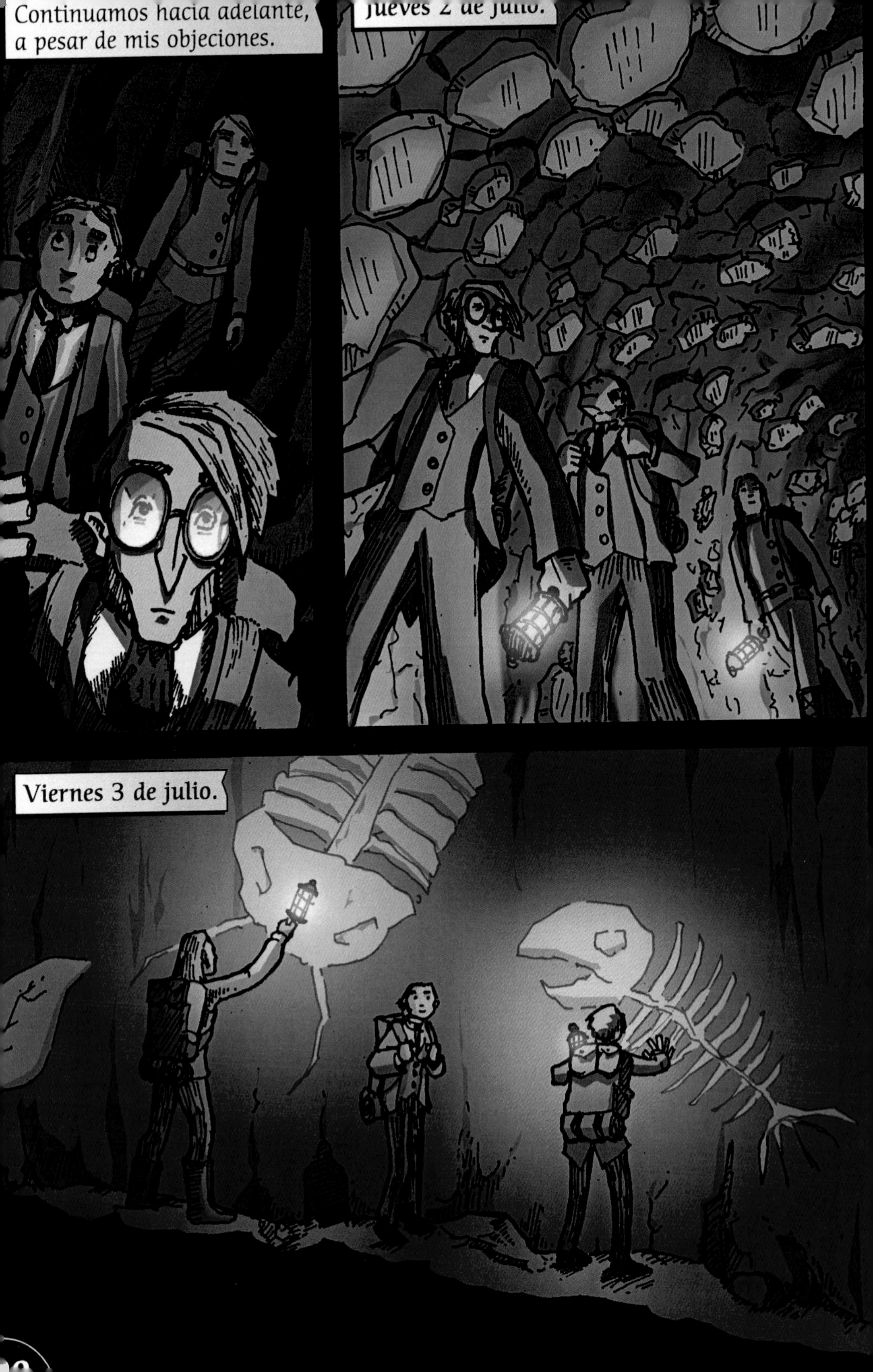
Continuamos hacia adelante,
a pesar de mis objeciones.
Jueves 2 de julio.
Viernes 3 de julio.

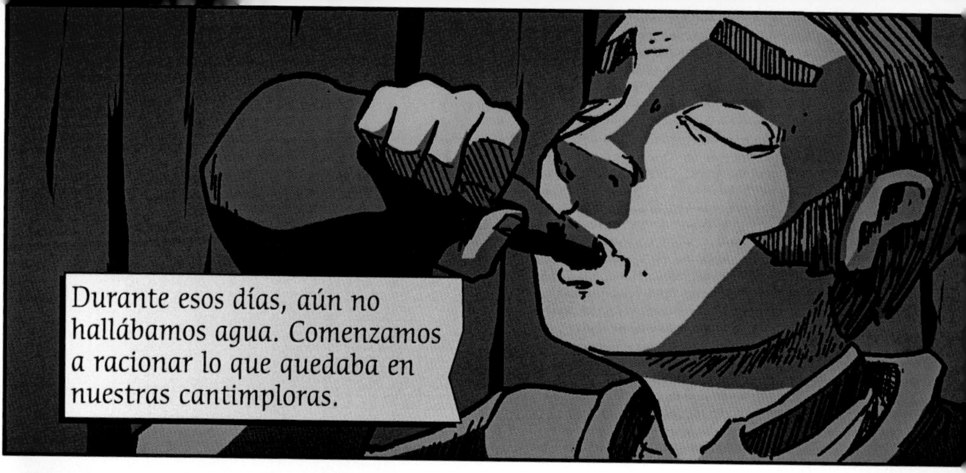
Durante esos días, aún no hallábamos agua. Comenzamos a racionar lo que quedaba en nuestras cantimploras.

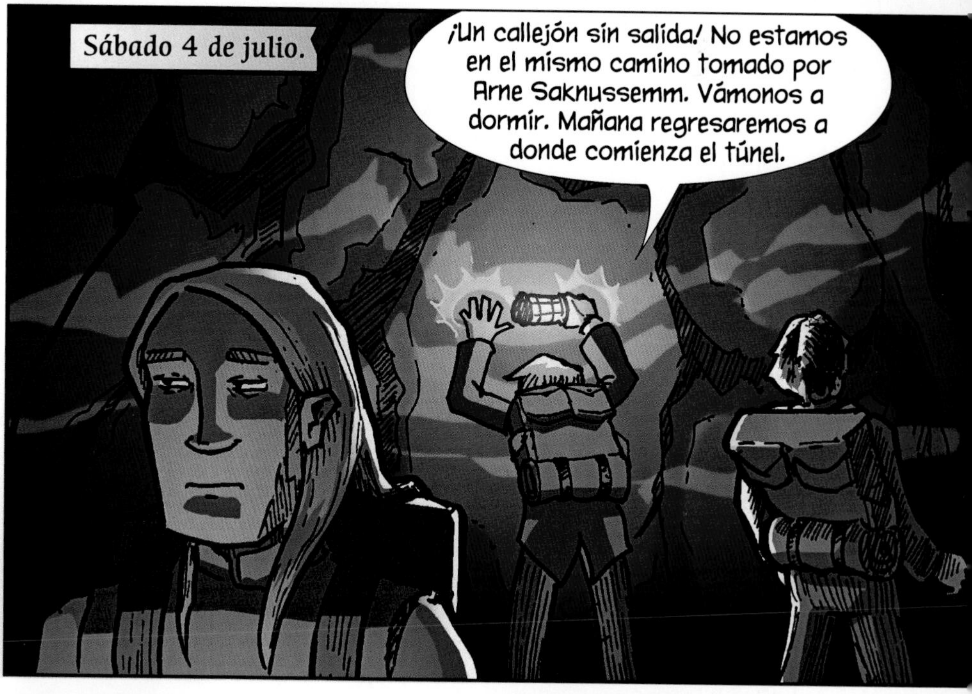
Sábado 4 de julio.
¡Un callejón sin salida! No estamos en el mismo camino tomado por Arne Saknussemm. Vámonos a dormir. Mañana regresaremos a donde comienza el túnel.

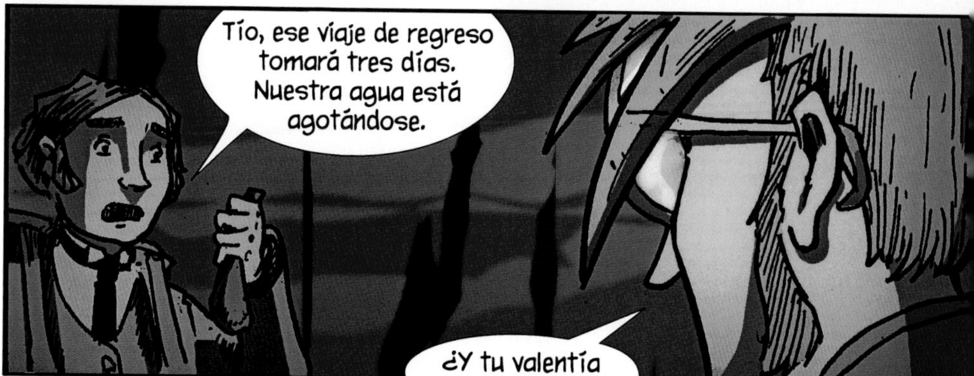
Tío, ese viaje de regreso tomará tres días. Nuestra agua está agotándose.
¿Y tu valentía también?

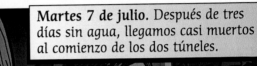

Domingo 5 de julio. En la caminata del día siguiente se agotó el agua.

Martes 7 de julio. Después de tres días sin agua, llegamos casi muertos al comienzo de los dos túneles.

Caí inconsciente . . .

Tío, debemos regresar al Sneffels.

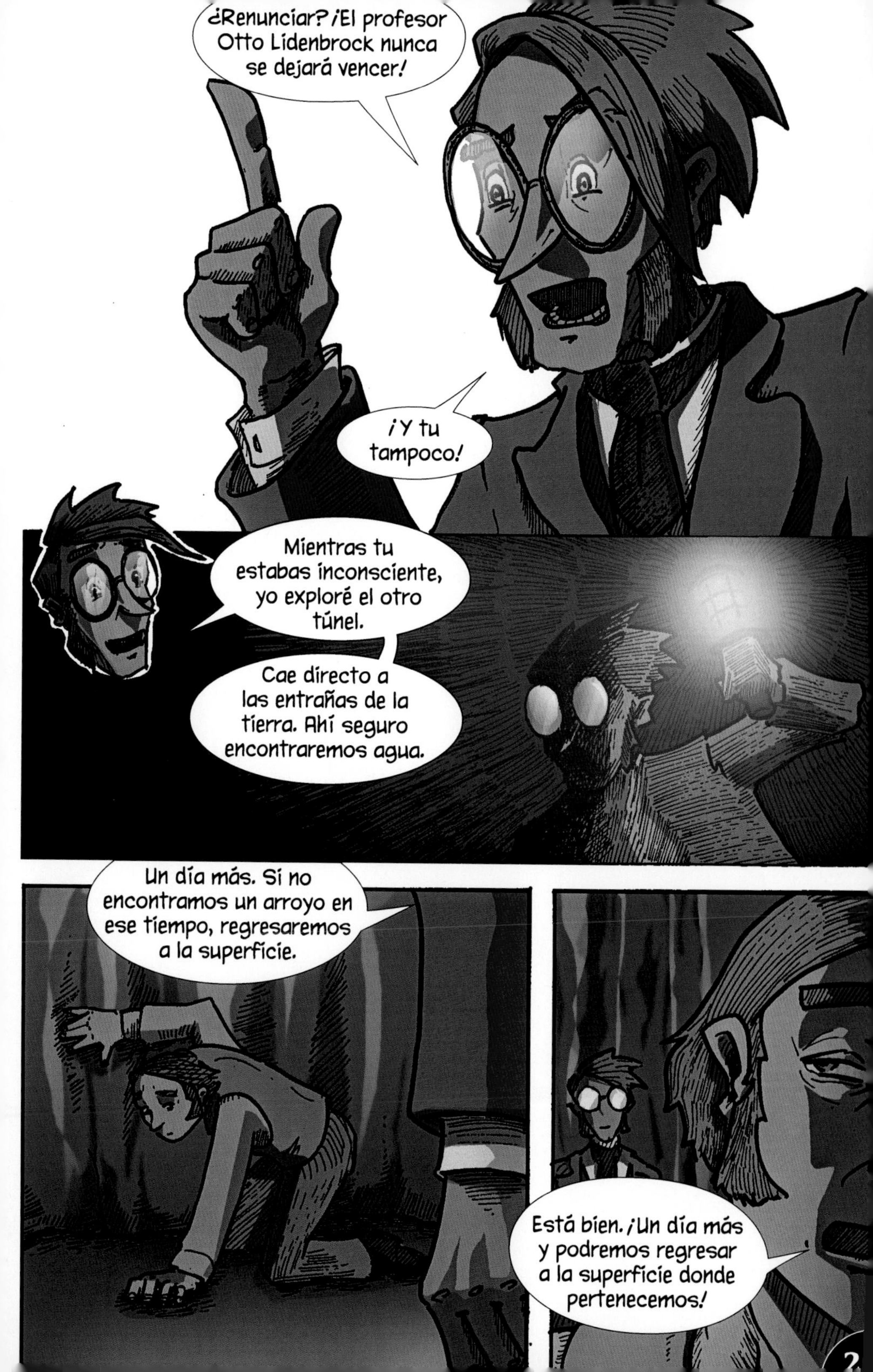
¿Renunciar? ¡El profesor Otto Lidenbrock nunca se dejará vencer!
¡Y tu tampoco!
Mientras tu estabas inconsciente, yo exploré el otro túnel.
Cae directo a las entrañas de la tierra. Ahí seguro encontraremos agua.
Un día más. Si no encontramos un arroyo en ese tiempo, regresaremos a la superficie.
Está bien. ¡Un día más y podremos regresar a la superficie donde pertenecemos!

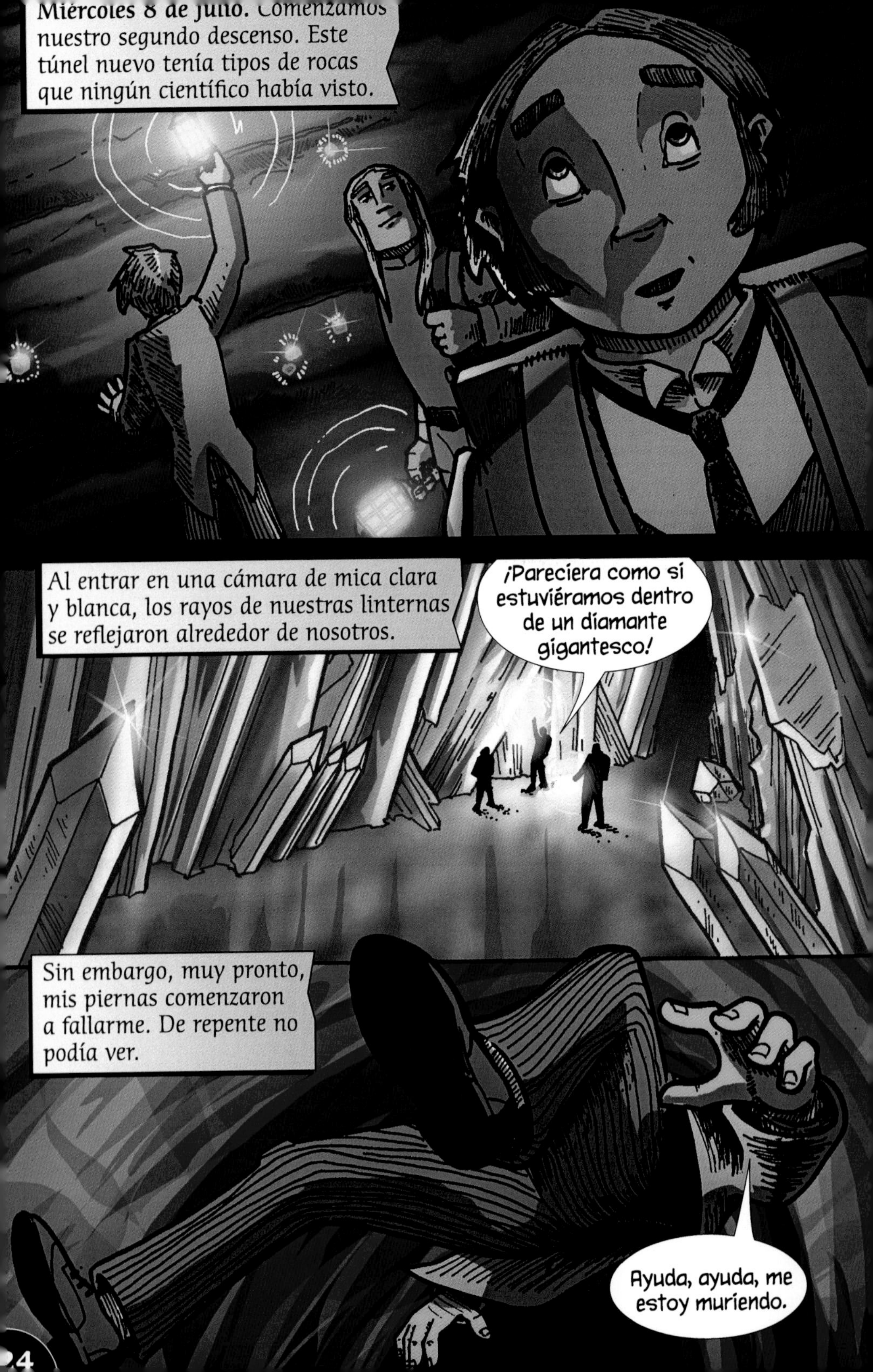
Miércoles 8 de julio. Comenzamos nuestro segundo descenso. Este túnel nuevo tenía tipos de rocas que ningún científico había visto.
Al entrar en una cámara de mica clara y blanca, los rayos de nuestras linternas se reflejaron alrededor de nosotros.
¡Pareciera como si estuviéramos dentro de un diamante gigantesco!
Sin embargo, muy pronto, mis piernas comenzaron a fallarme. De repente no podía ver.
Ayuda, ayuda, me estoy muriendo.

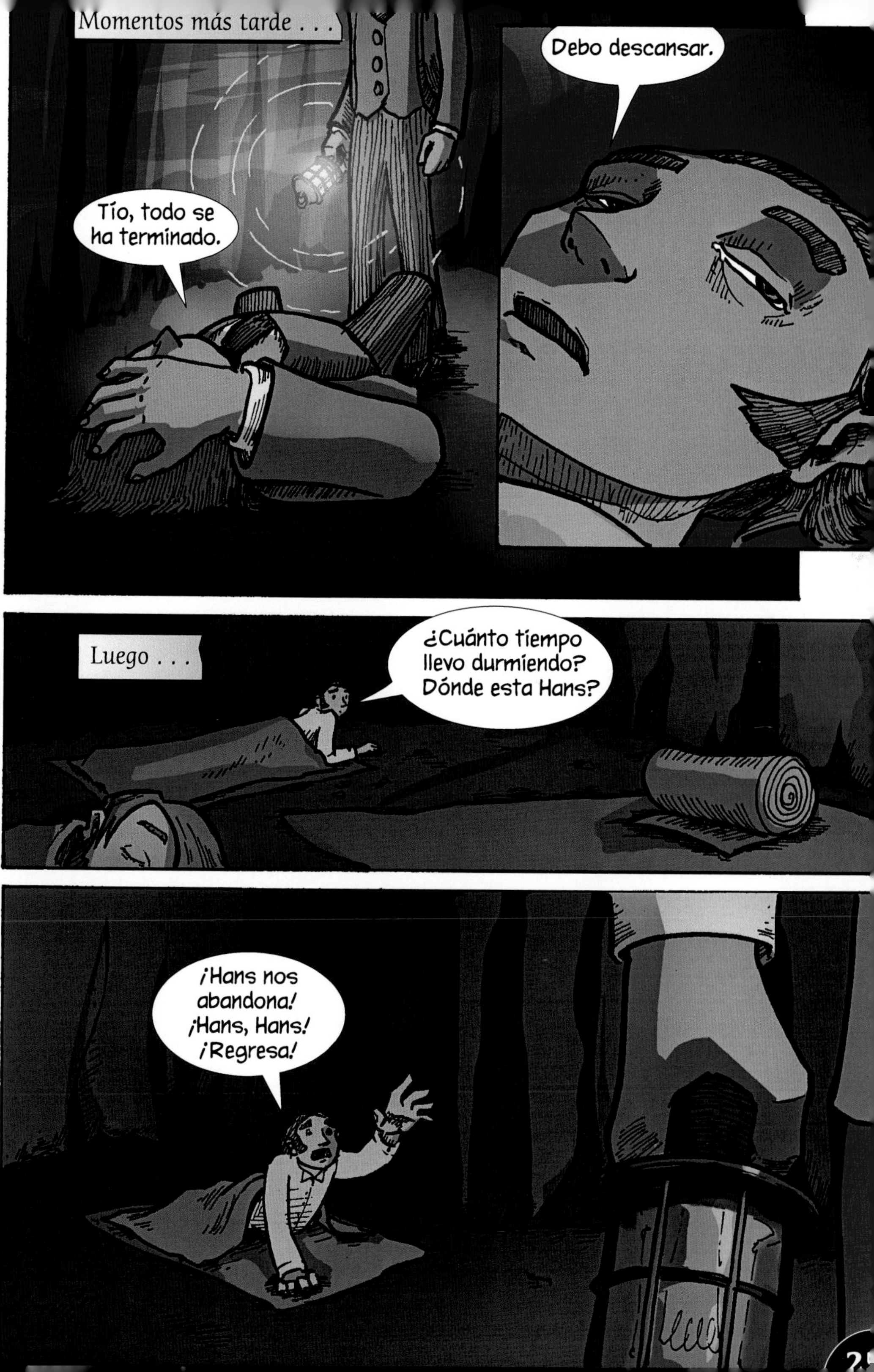
Momentos más tarde . . .
Tío, todo se ha terminado.
Debo descansar.
Luego . . .
¿Cuánto tiempo llevo durmiendo? Dónde esta Hans?
¡Hans nos abandona! ¡Hans, Hans! ¡Regresa!

CAPITUL 4 ERDIDO

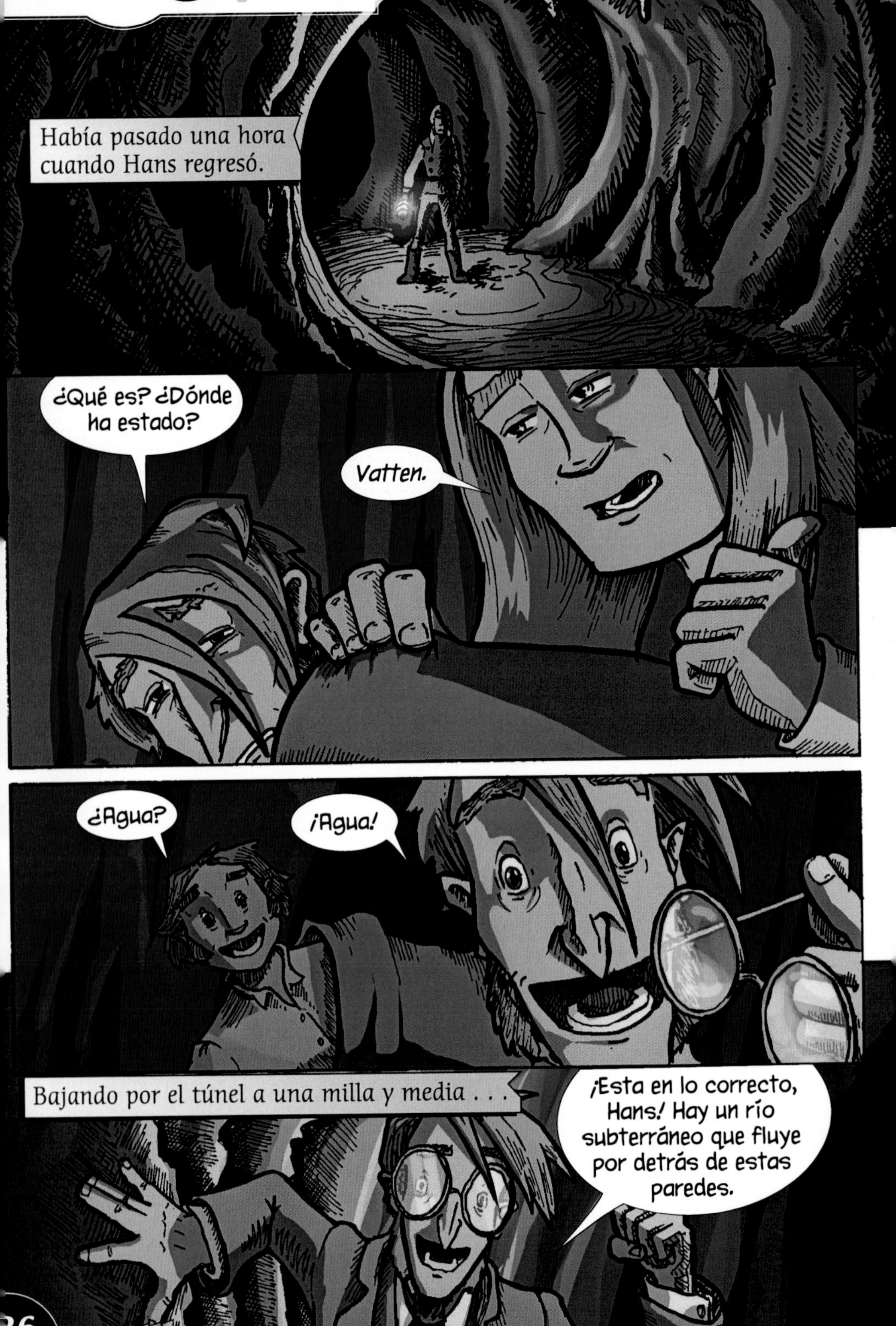
Había pasado una hora cuando Hans regresó.
¿Qué es? ¿Dónde ha estado?
Vatten.
¿Agua?
¡Agua!
Bajando por el túnel a una milla y media . . .
¡Esta en lo correcto, Hans! Hay un río subterráneo que fluye por detrás de estas paredes.

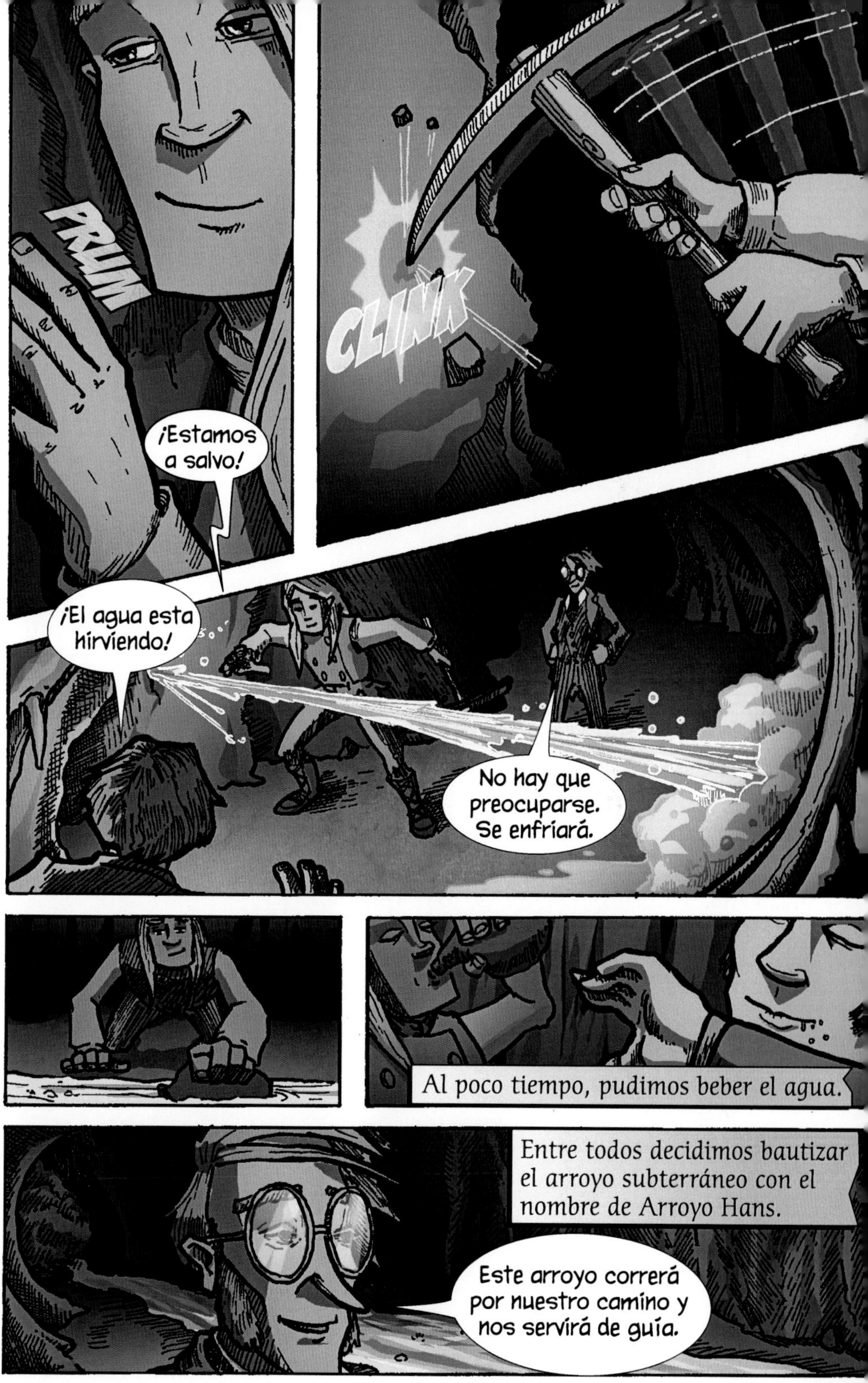
PRUM
CLINK
¡Estamos a salvo!
¡El agua esta hirviendo!
No hay que preocuparse. Se enfriará.
Al poco tiempo, pudimos beber el agua.
Entre todos decidimos bautizar el arroyo subterráneo con el nombre de Arroyo Hans.
Este arroyo correrá por nuestro camino y nos servirá de guía.

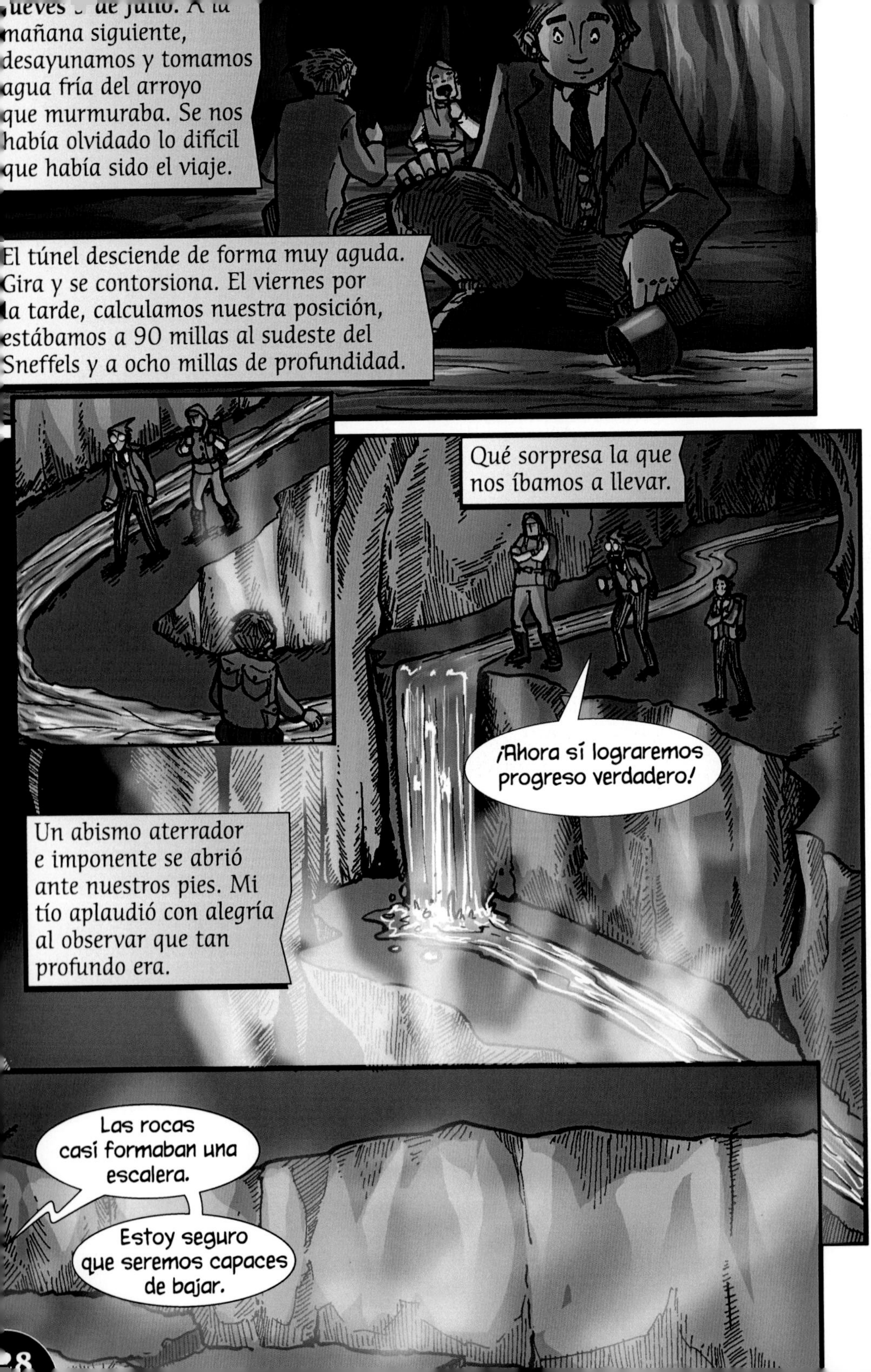

mañana siguiente, desayunamos y tomamos agua fría del arroyo que murmuraba. Se nos había olvidado lo difícil que había sido el viaje.
El túnel desciende de forma muy aguda. Gira y se contorsiona. El viernes por la tarde, calculamos nuestra posición, estábamos a 90 millas al sudeste del Sneffels y a ocho millas de profundidad.
Qué sorpresa la que nos íbamos a llevar.
¡Ahora sí lograremos progreso verdadero!
Un abismo aterrador e imponente se abrió ante nuestros pies. Mi tío aplaudió con alegría al observar que tan profundo era.
Las rocas casi formaban una escalera.
Estoy seguro que seremos capaces de bajar.

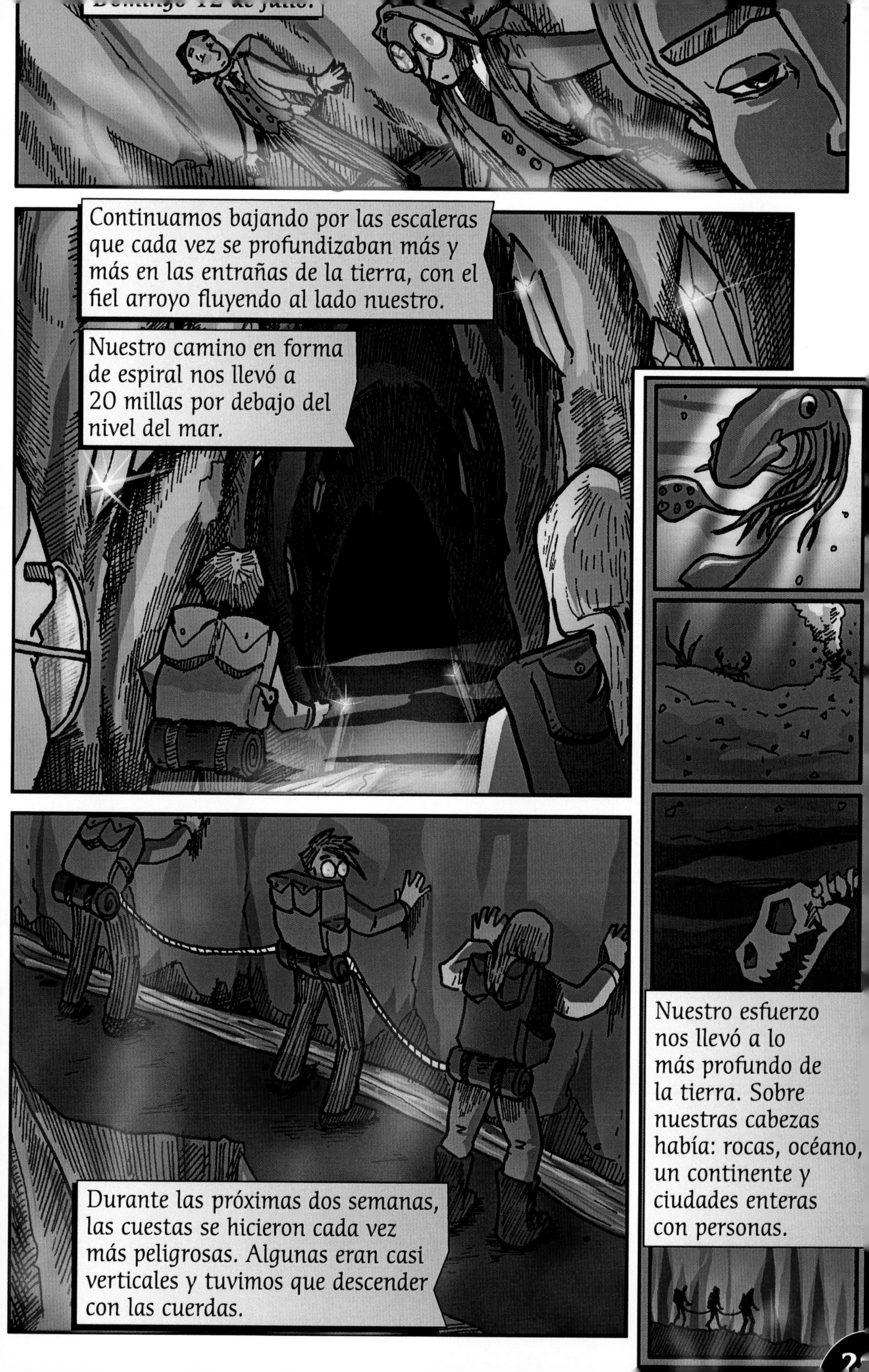
Continuamos bajando por las escaleras que cada vez se profundizaban más y más en las entrañas de la tierra, con el fiel arroyo fluyendo al lado nuestro.
Nuestro camino en forma de espiral nos llevó a 20 millas por debajo del nivel del mar.
Nuestro esfuerzo nos llevó a lo más profundo de la tierra. Sobre nuestras cabezas había: rocas, océano, un continente y ciudades enteras con personas.
Durante las próximas dos semanas, las cuestas se hicieron cada vez más peligrosas. Algunas eran casi verticales y tuvimos que descender con las cuerdas.

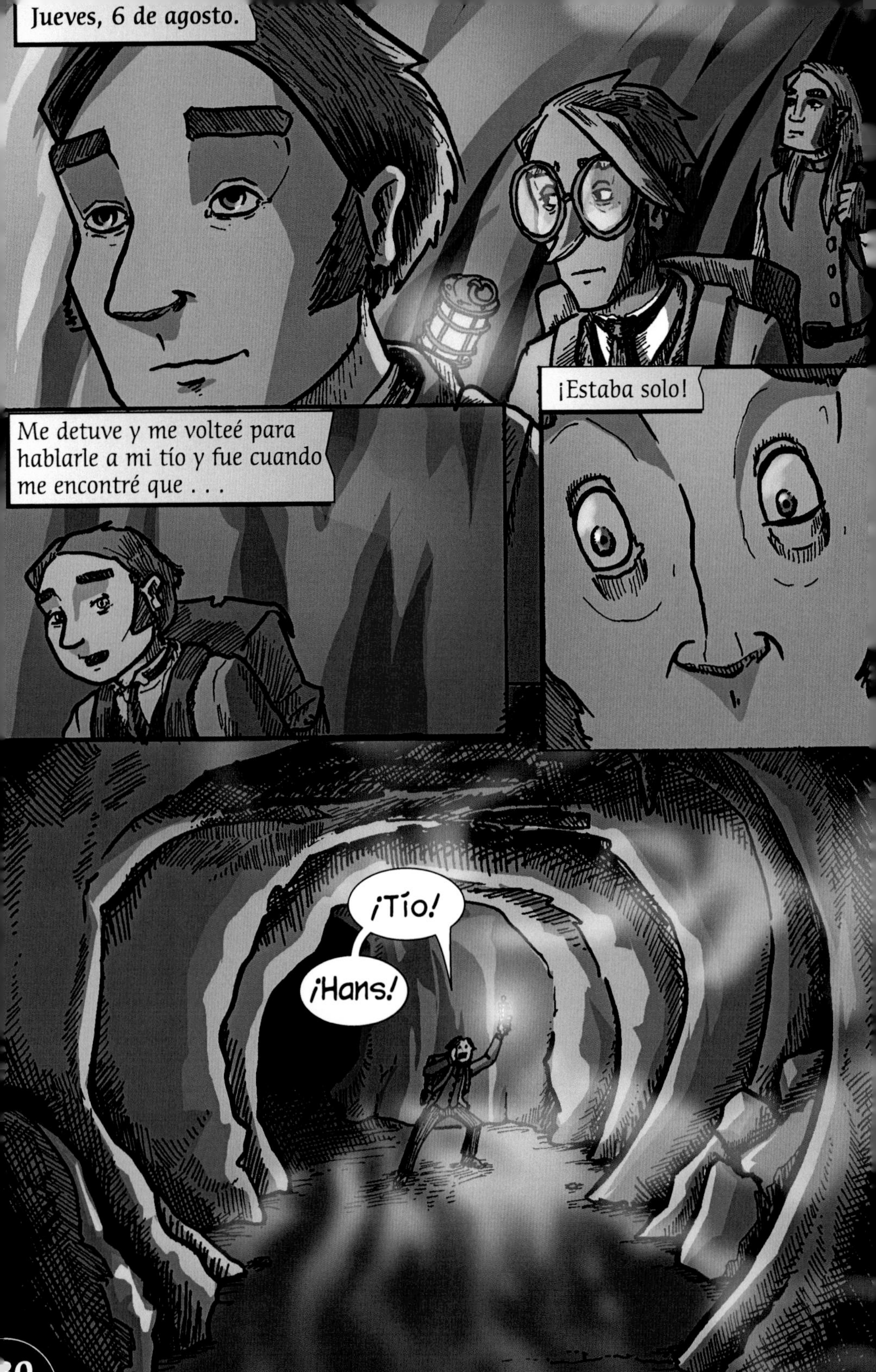
Jueves, 6 de agosto.
Me detuve y me volteé para hablarle a mi tío y fue cuando me encontré que . . .
¡Estaba solo!
¡Tío!
¡Hans!

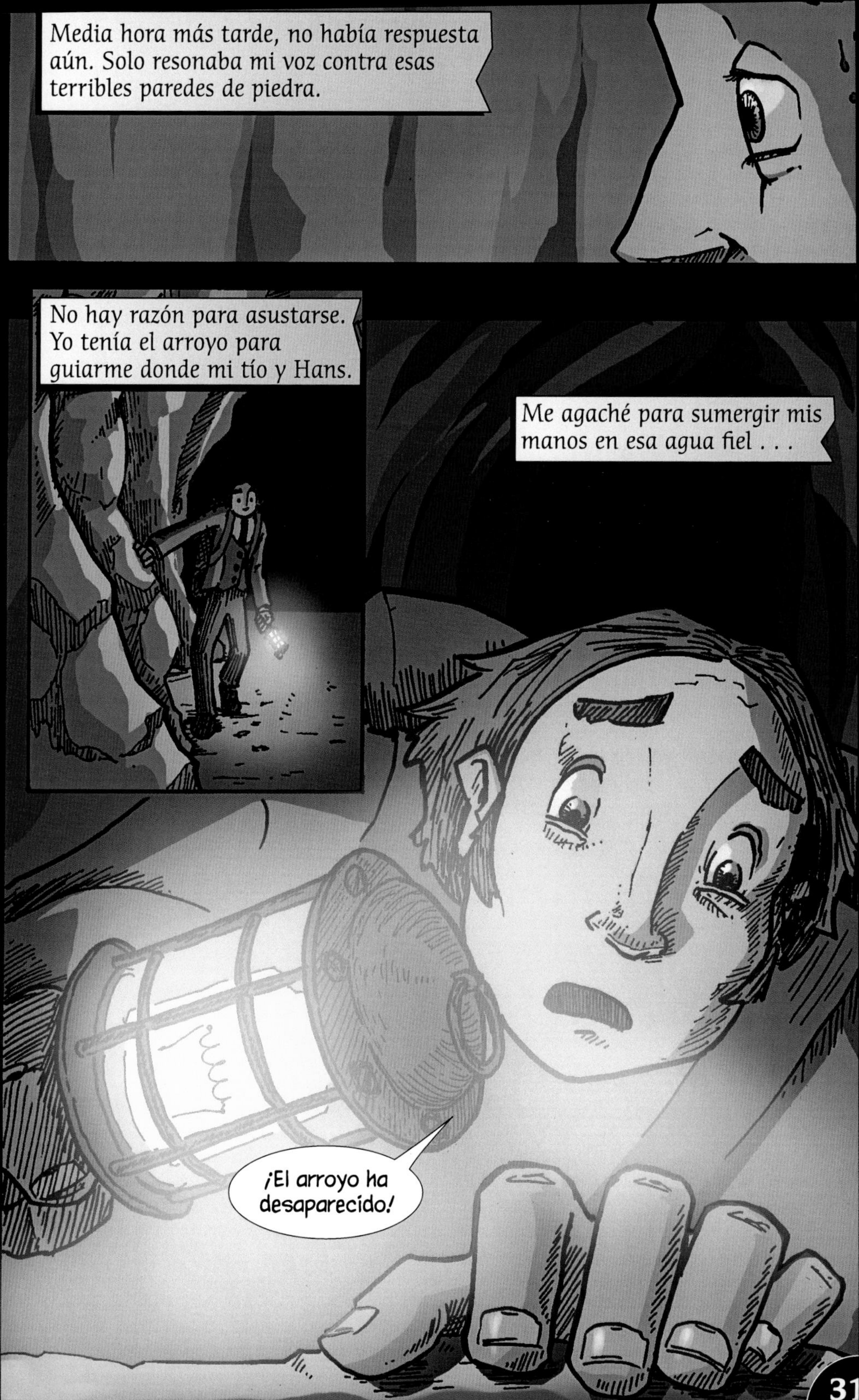
Media hora más tarde, no había respuesta aún. Solo resonaba mi voz contra esas terribles paredes de piedra.
No hay razón para asustarse. Yo tenía el arroyo para guiarme donde mi tío y Hans.
Me agaché para sumergir mis manos en esa agua fiel . . .
¡El arroyo ha desaparecido!

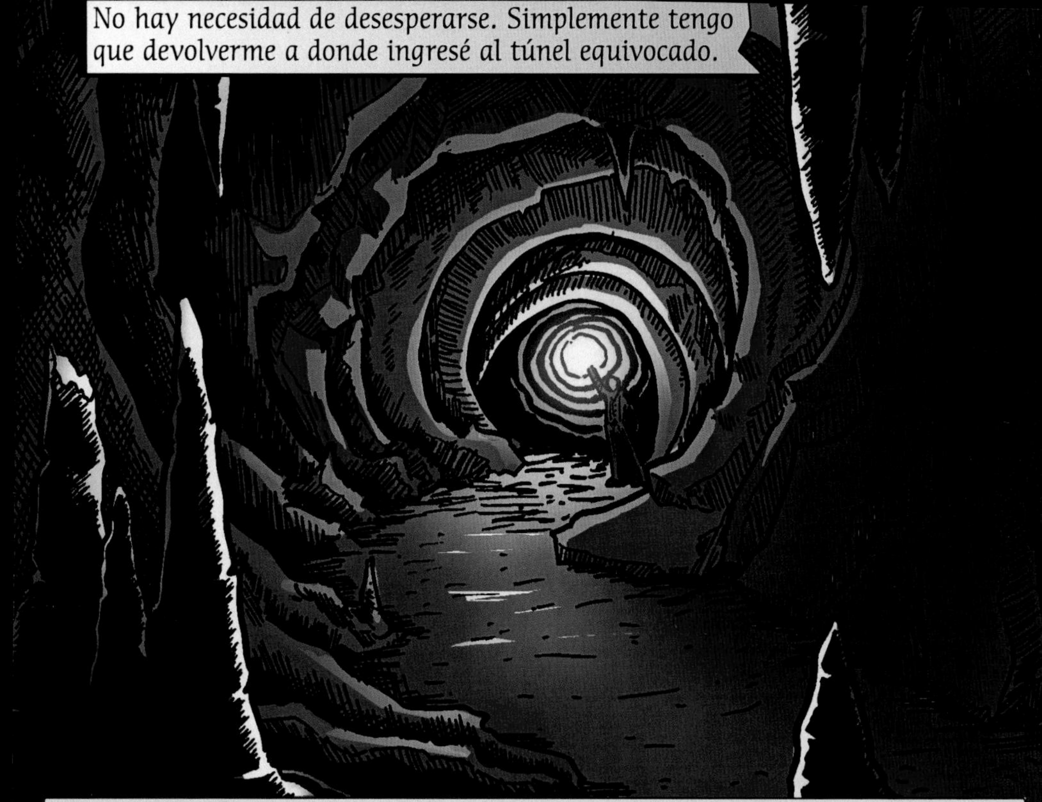
No hay necesidad de desesperarse. Simplemente tengo que devolverme a donde ingresé al túnel equivocado.

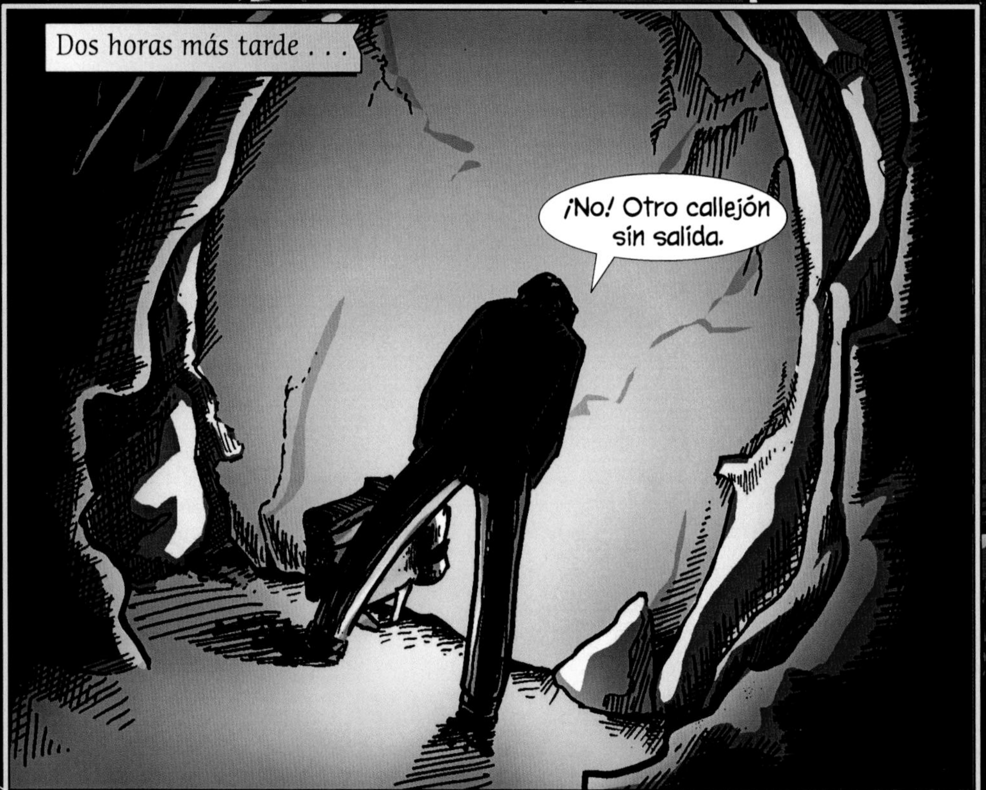
Dos horas más tarde . . .
¡No! Otro callejón sin salida.

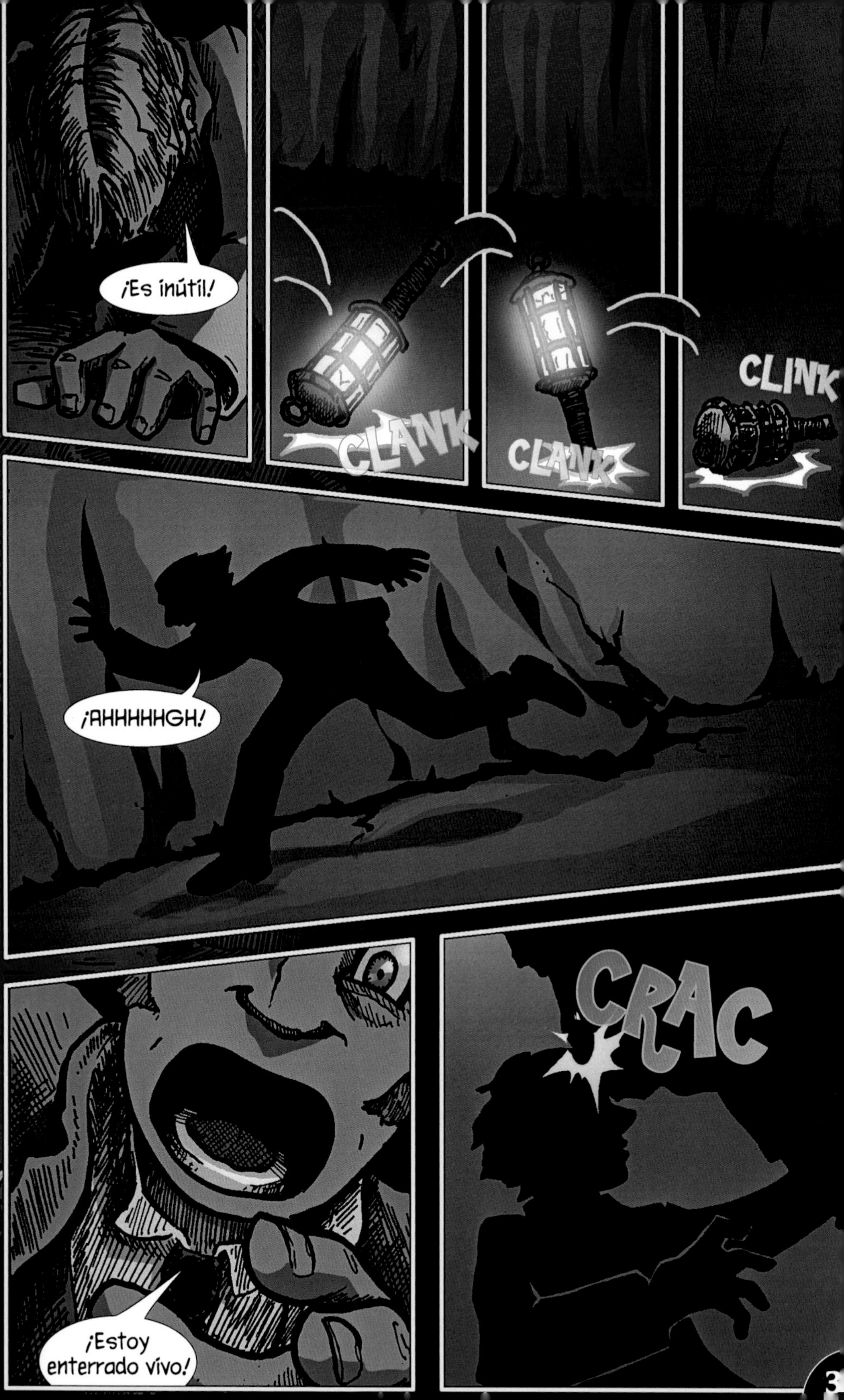
¡Es inútil!
CLANK
CLANK
CLINK
¡AHHHHHGH!
¡Estoy enterrado vivo!
CRAC

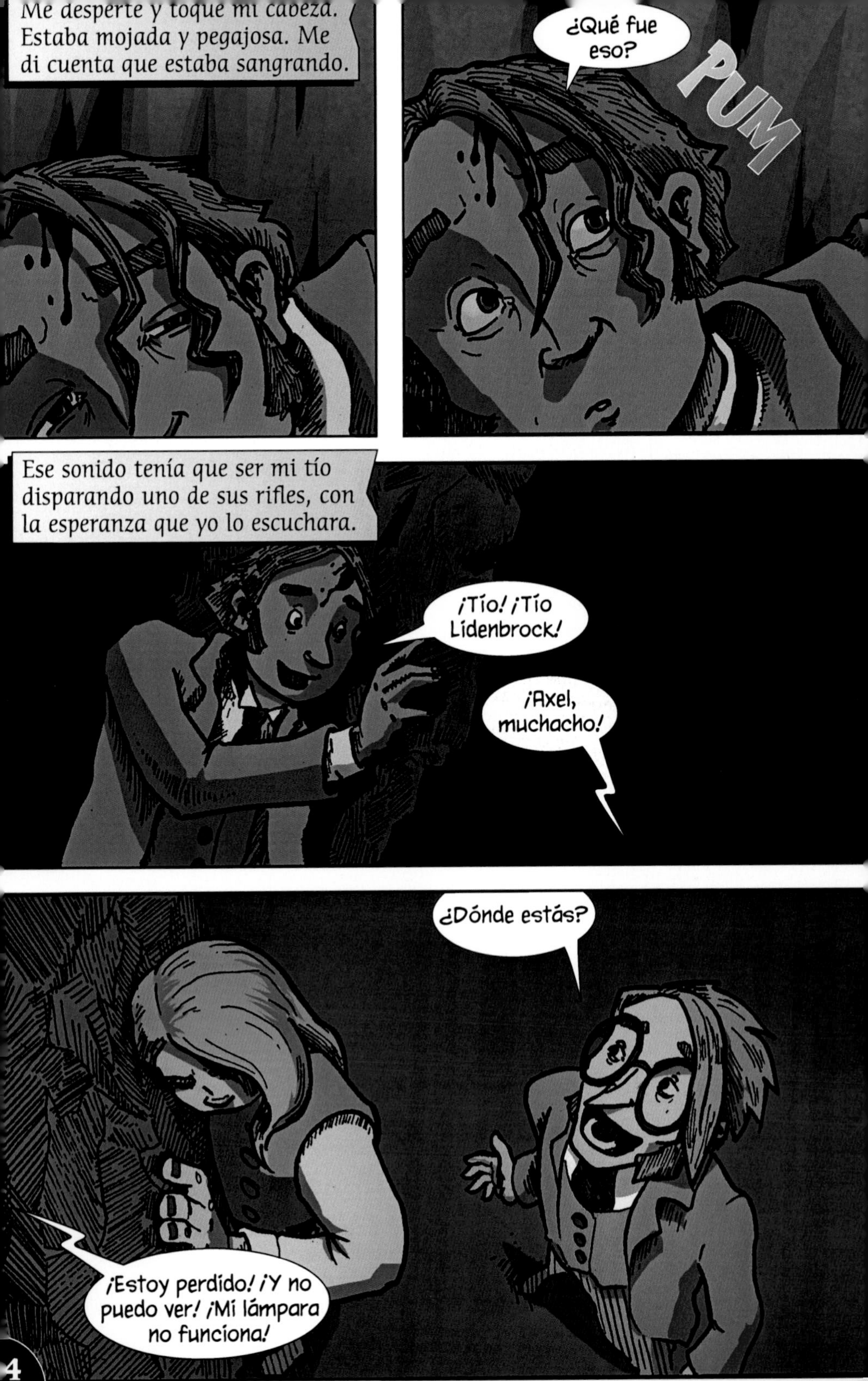
Me desperte y toque mi cabeza. Estaba mojada y pegajosa. Me di cuenta que estaba sangrando.
¿Qué fue eso?
PUM
Ese sonido tenía que ser mi tío disparando uno de sus rifles, con la esperanza que yo lo escuchara.
¡Tío! ¡Tío Lidenbrock!
¡Axel, muchacho!
¿Dónde estás?
¡Estoy perdido! ¡Y no puedo ver! ¡Mi lámpara no funciona!

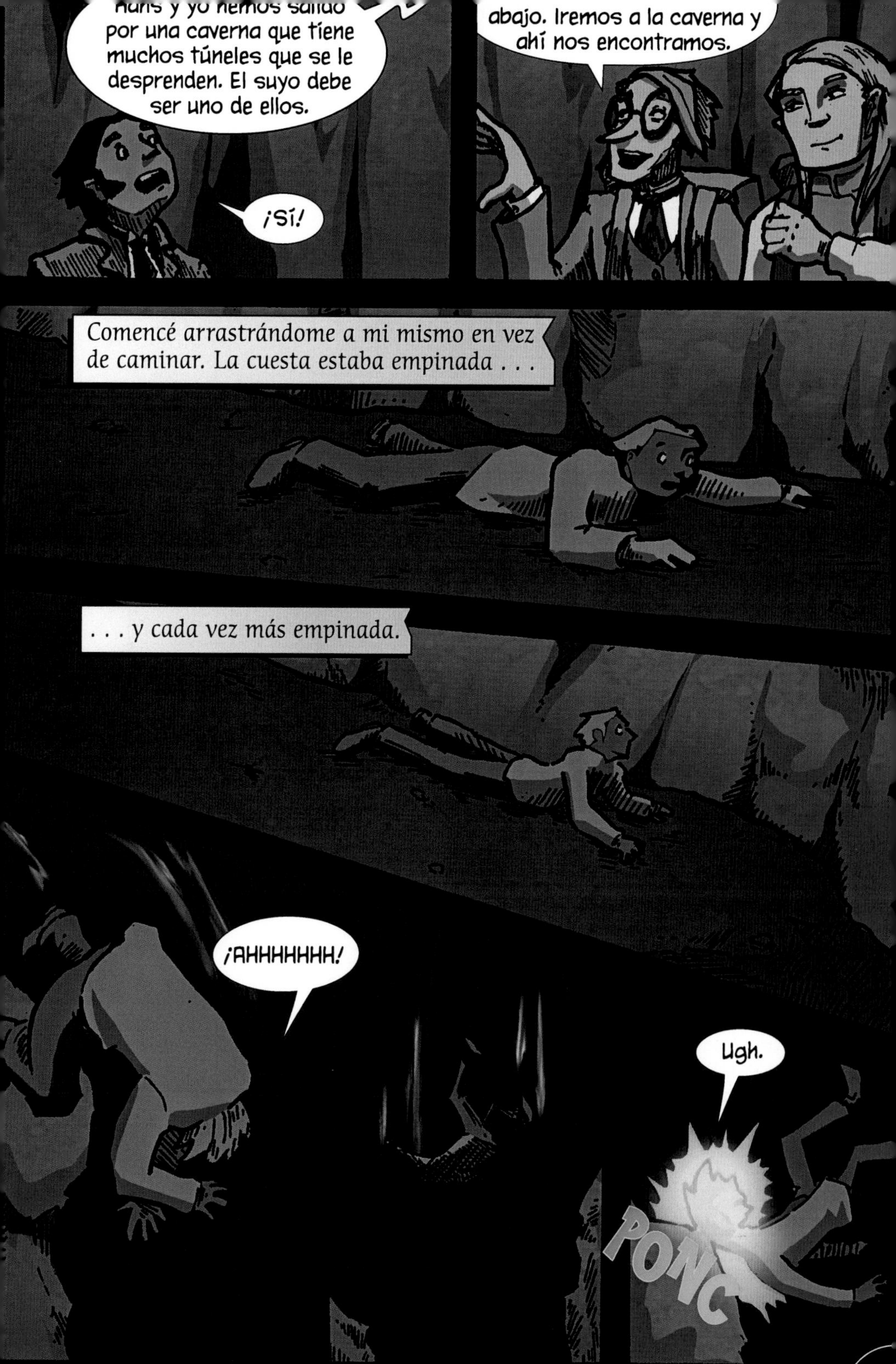
Hans y yo hemos salido por una caverna que tiene muchos túneles que se le desprenden. El suyo debe ser uno de ellos.
¡Sí!
abajo. Iremos a la caverna y ahí nos encontramos.
Comencé arrastrándome a mi mismo en vez de caminar. La cuesta estaba empinada . . .
. . . y cada vez más empinada.
¡AHHHHHHH!
Ugh.
PONC

CAPÍTULO 5 EL INMENSO MAR

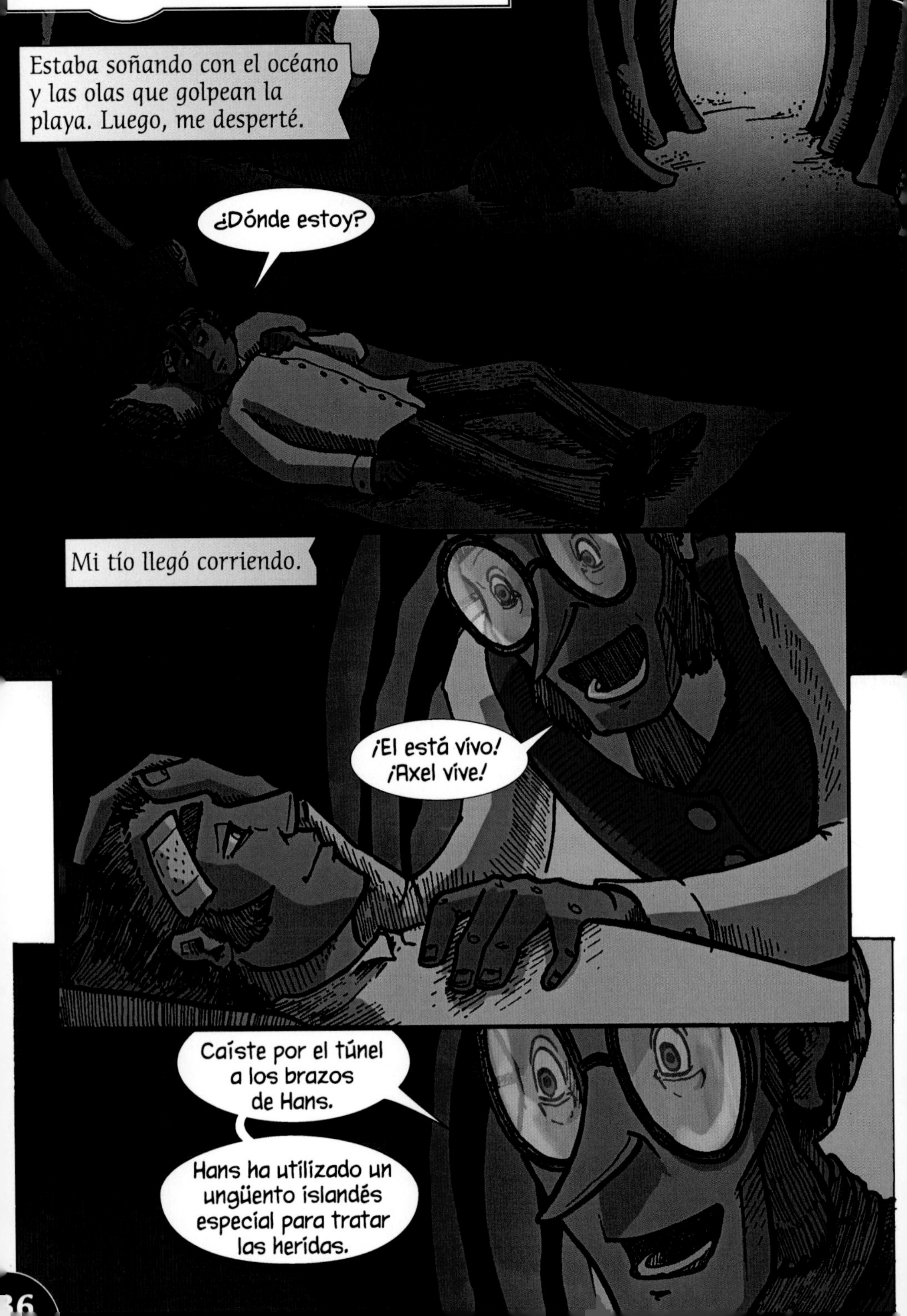

Estaba soñando con el océano y las olas que golpean la playa. Luego, me desperté.
¿Dónde estoy?
Mi tío llegó corriendo.
¡El está vivo! ¡Axel vive!
Caíste por el túnel a los brazos de Hans.
Hans ha utilizado un ungüento islandés especial para tratar las heridas.

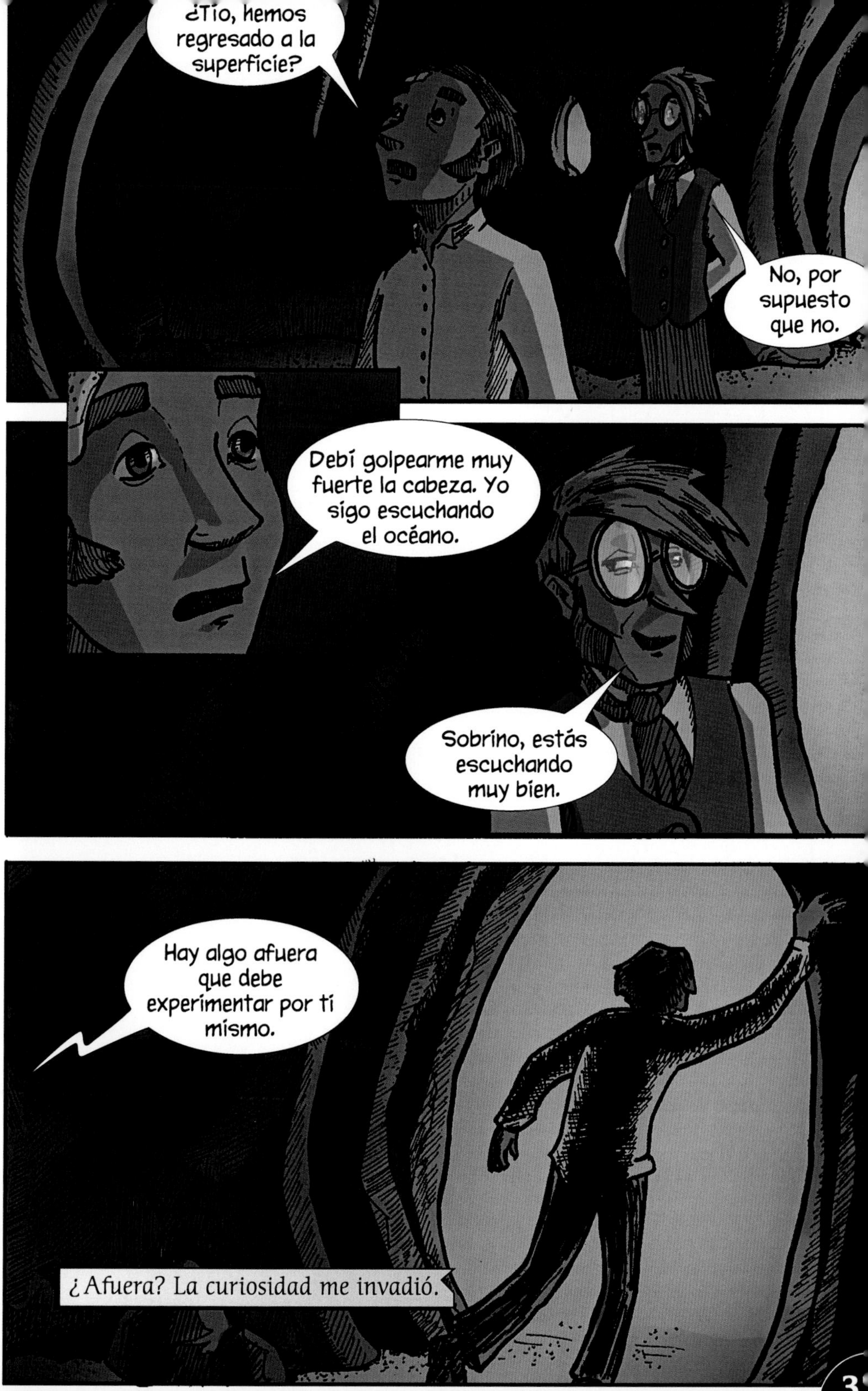
¿Tío, hemos regresado a la superficie?
No, por supuesto que no.
Debí golpearme muy fuerte la cabeza. Yo sigo escuchando el océano.
Sobrino, estás escuchando muy bien.
Hay algo afuera que debe experimentar por ti mismo.
¿Afuera? La curiosidad me invadió.

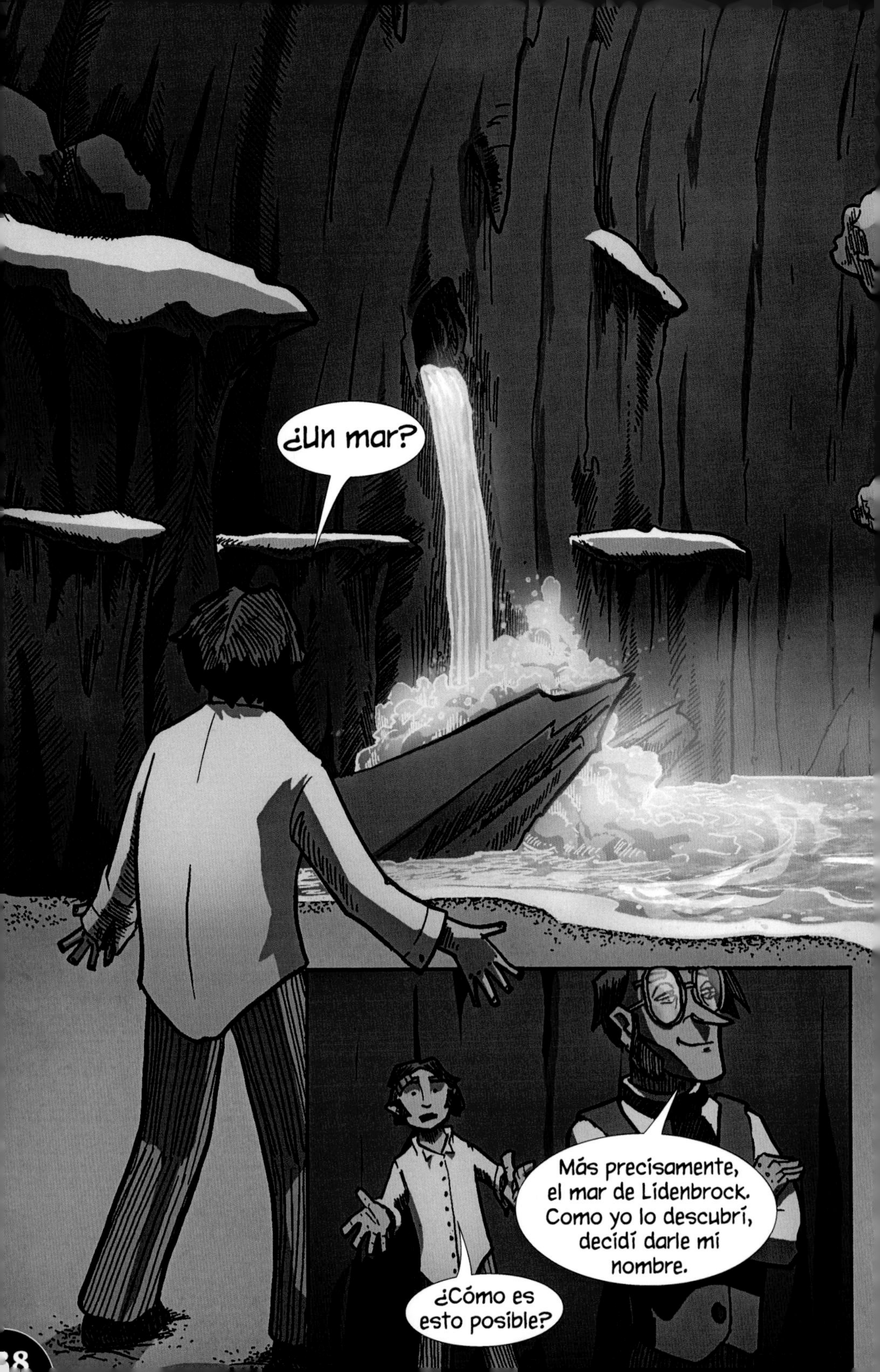
¿Un mar?
Más precisamente, el mar de Lidenbrock. Como yo lo descubrí, decidí darle mi nombre.
¿Cómo es esto posible?

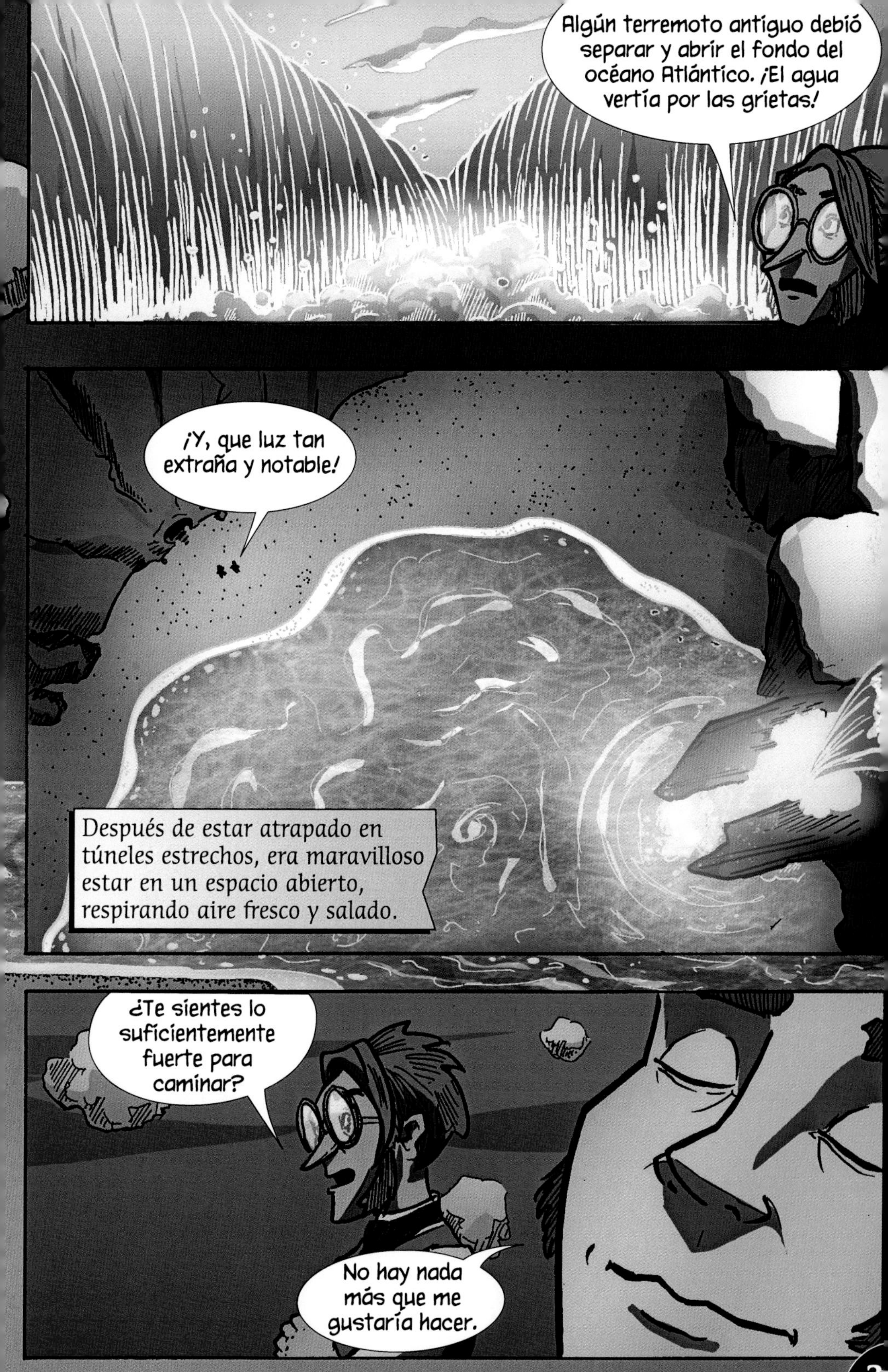
Algún terremoto antiguo debió separar y abrir el fondo del océano Atlántico. ¡El agua vertía por las grietas!
¡Y, que luz tan extraña y notable!
Después de estar atrapado en túneles estrechos, era maravilloso estar en un espacio abierto, respirando aire fresco y salado.
¿Te sientes lo suficientemente fuerte para caminar?
No hay nada más que me gustaría hacer.

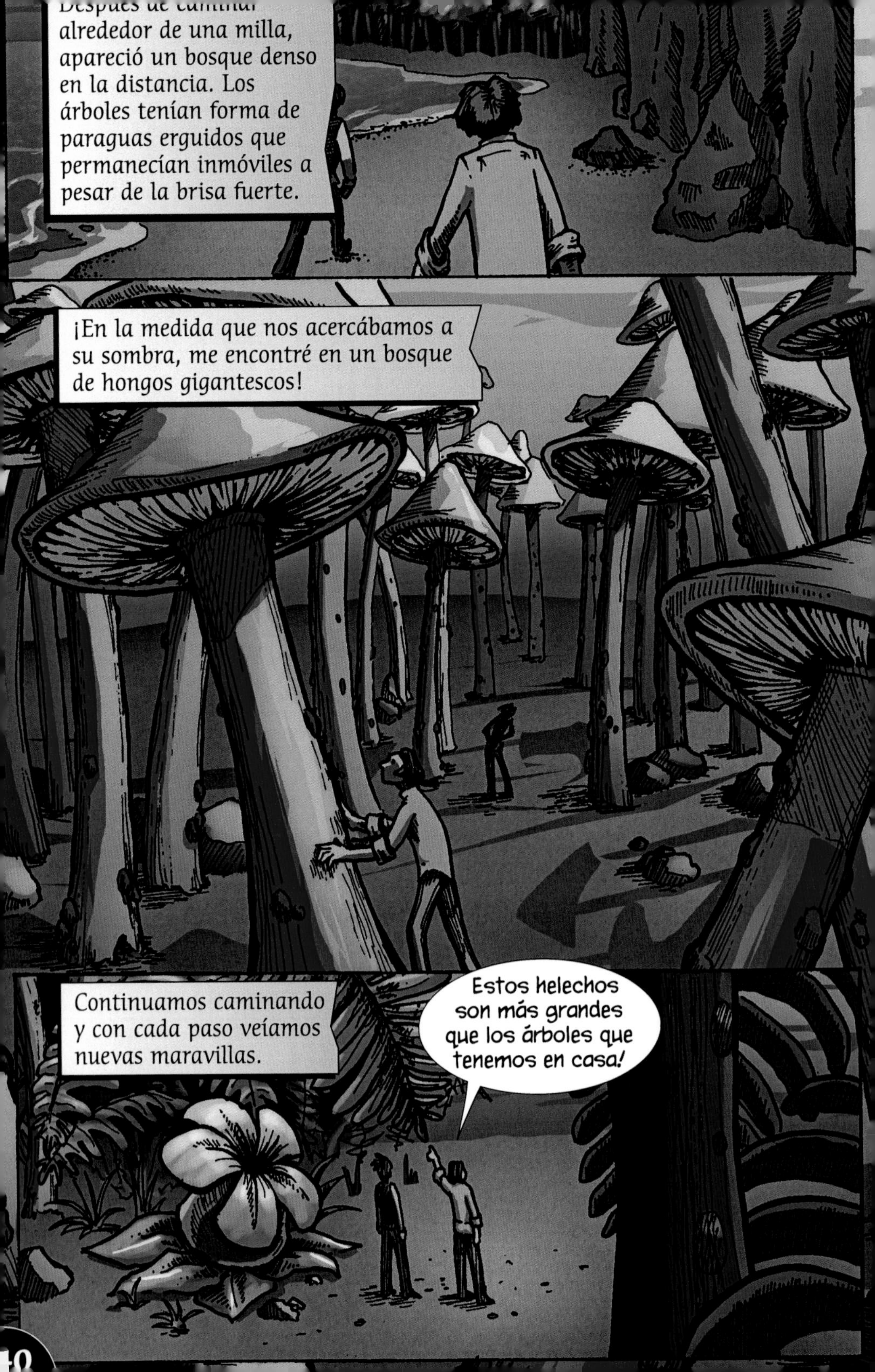
alrededor de una milla, apareció un bosque denso en la distancia. Los árboles tenían forma de paraguas erguidos que permanecían inmóviles a pesar de la brisa fuerte.
¡En la medida que nos acercábamos a su sombra, me encontré en un bosque de hongos gigantescos!
Continuamos caminando y con cada paso veíamos nuevas maravillas.
Estos helechos son más grandes que los árboles que tenemos en casa!

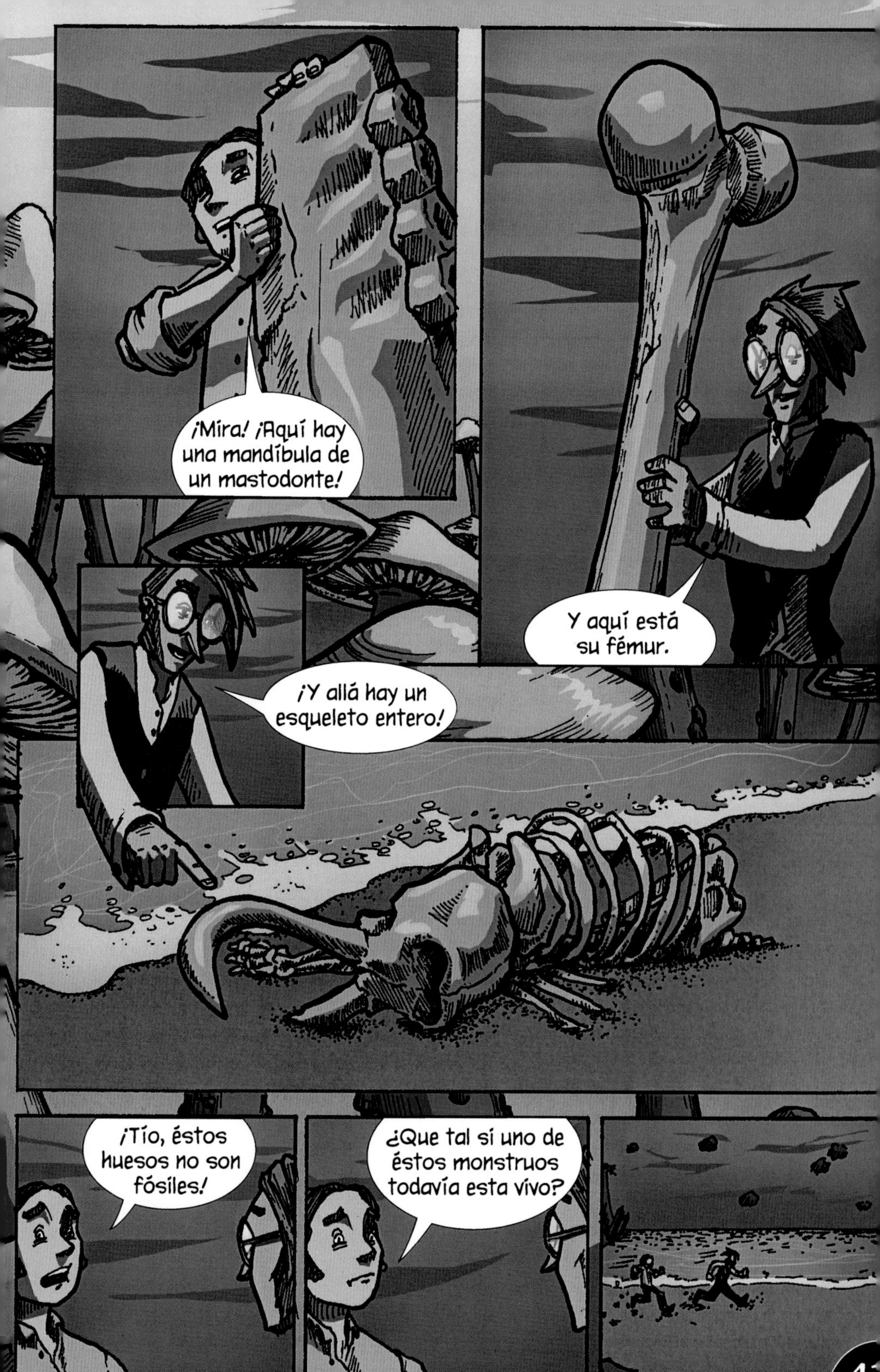
¡Mira! ¡Aquí hay una mandíbula de un mastodonte!
Y aquí está su fémur.
¡Y allá hay un esqueleto entero!
¡Tío, éstos huesos no son fósiles!
¿Que tal sí uno de éstos monstruos todavía esta vivo?

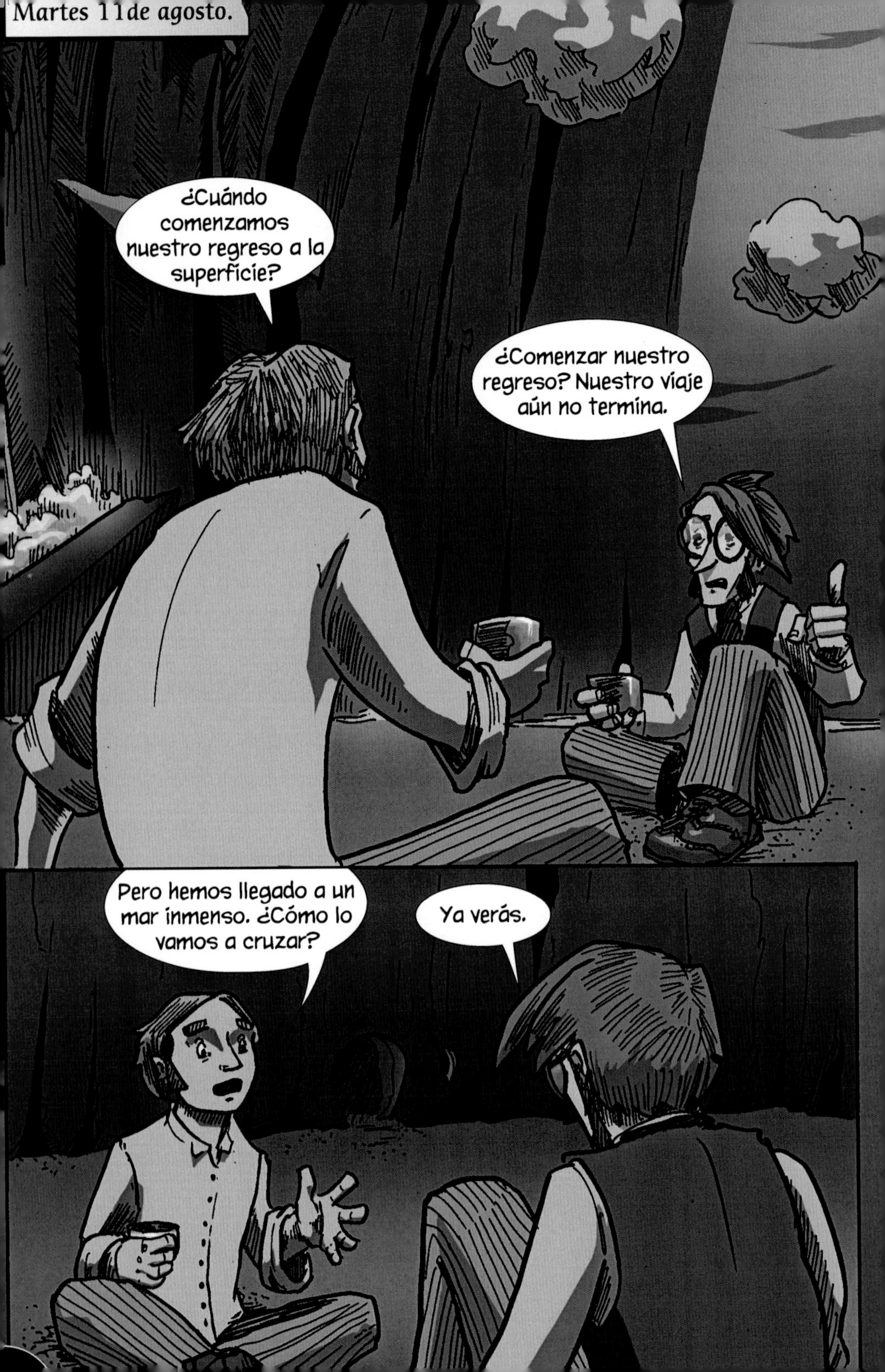
Martes 11de agosto.
¿Cuándo comenzamos nuestro regreso a la superficie?
¿Comenzar nuestro regreso? Nuestro viaje aún no termina.
Pero hemos llegado a un mar inmenso. ¿Cómo lo vamos a cruzar?
Ya verás.

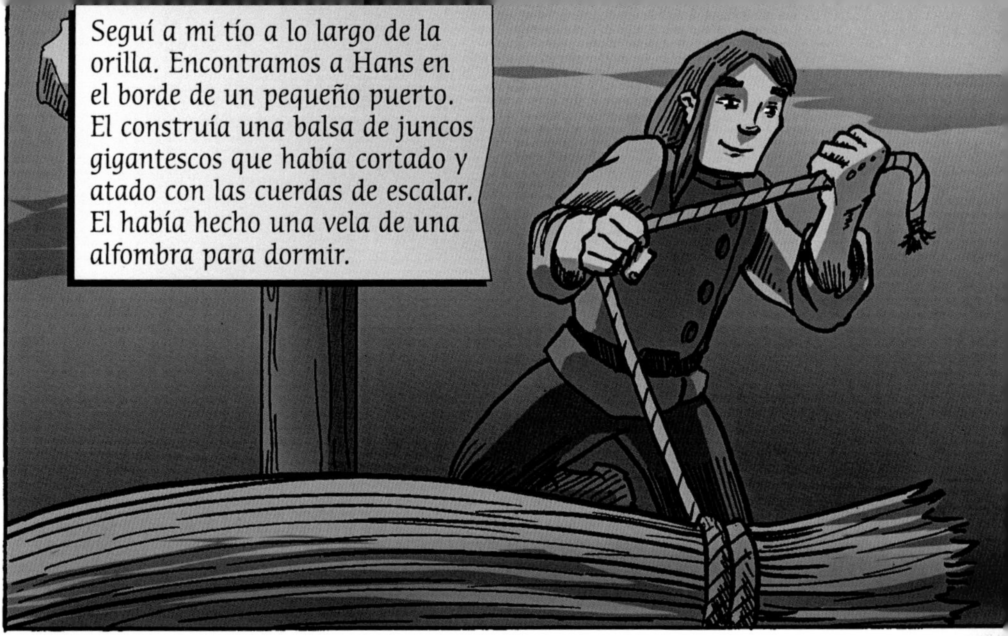
Seguí a mi tío a lo largo de la orilla. Encontramos a Hans en el borde de un pequeño puerto. El construía una balsa de juncos gigantescos que había cortado y atado con las cuerdas de escalar. El había hecho una vela de una alfombra para dormir.

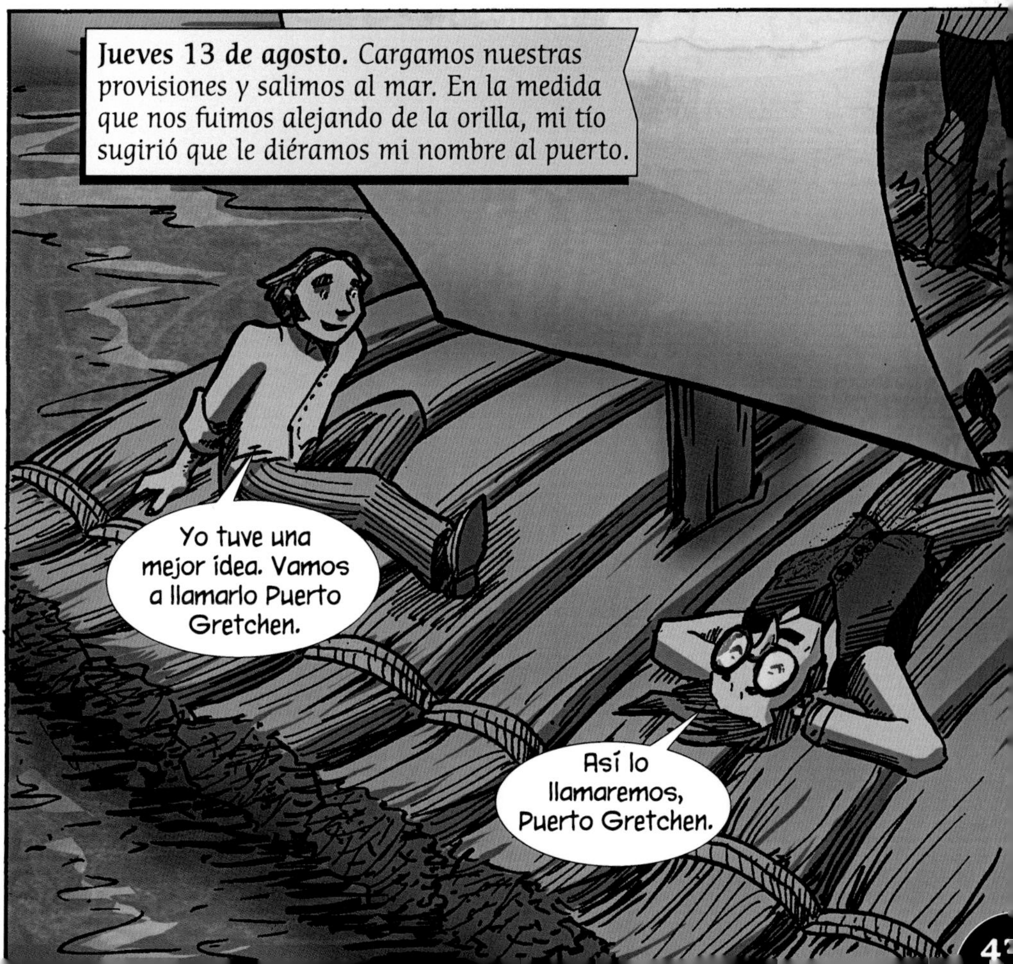
Jueves 13 de agosto. Cargamos nuestras provisiones y salimos al mar. En la medida que nos fuimos alejando de la orilla, mi tío sugirió que le diéramos mi nombre al puerto.
Yo tuve una mejor idea. Vamos a llamarlo Puerto Gretchen.
Así lo llamaremos, Puerto Gretchen.

Viajamos a una gran velocidad, 75 millas en 24 horas, pasando por tiras de algas de miles de pies de largo.

Viernes 14 de agosto. Hans cebó el anzuelo con un trozo de carne salada y de pronto . . .

¡Este pez ha estado extinto por millones de años!

Yo lo veo suficientemente fresco.

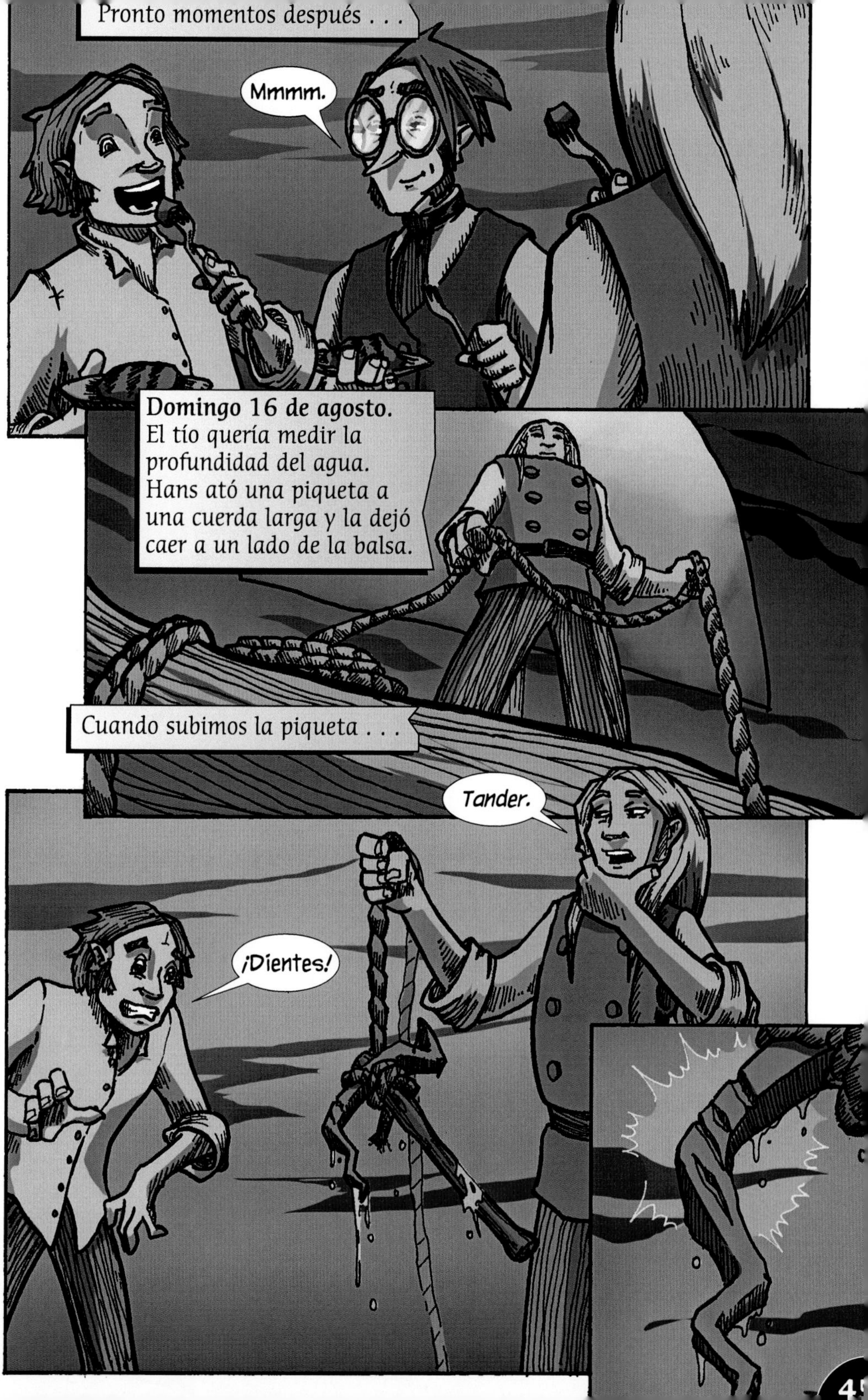

Pronto momentos después . . .
Mmmm.
Domingo 16 de agosto. El tío quería medir la profundidad del agua. Hans ató una piqueta a una cuerda larga y la dejó caer a un lado de la balsa.
Cuando subimos la piqueta . . .
Tander.
¡Dientes!

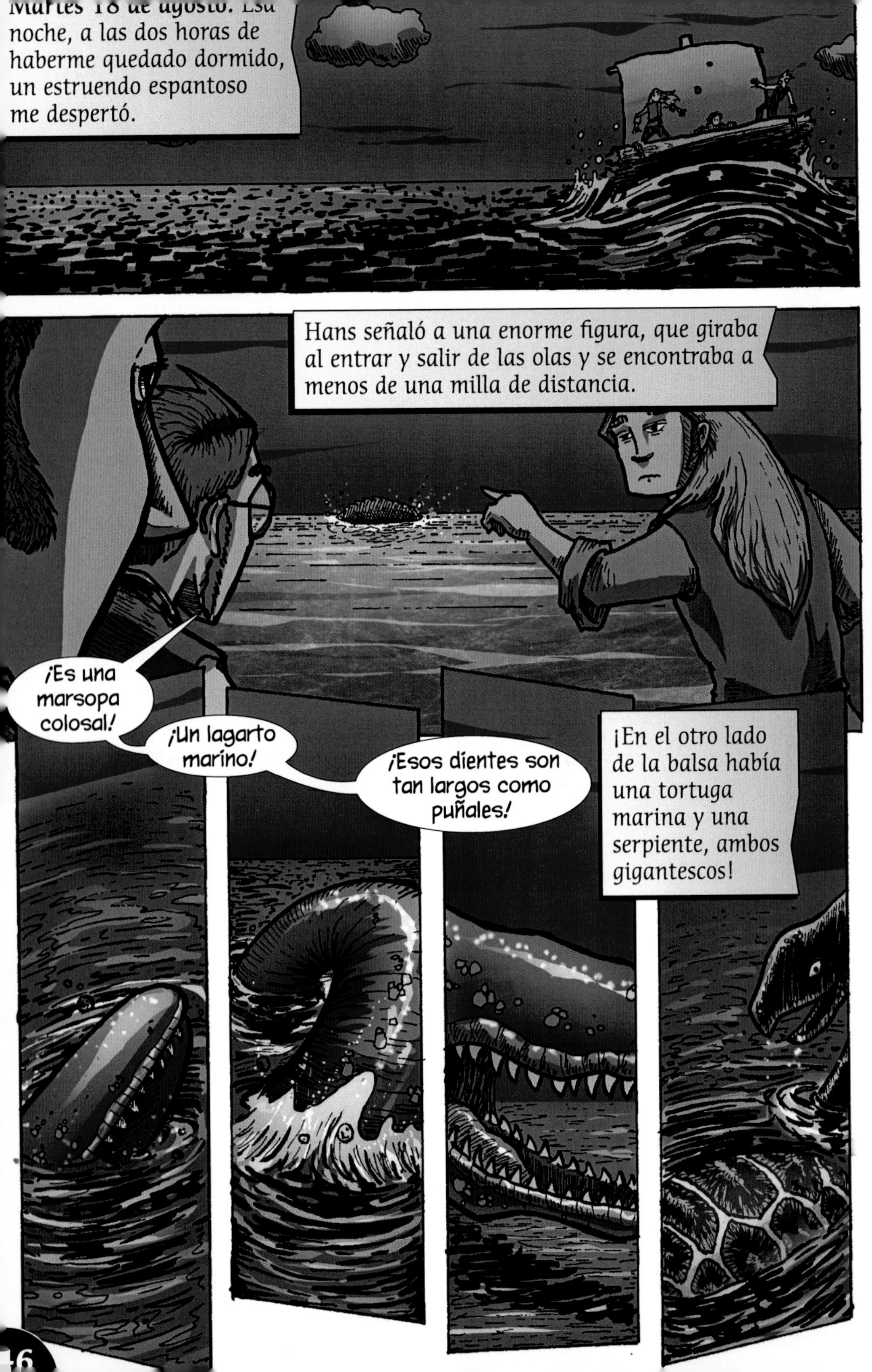
Martes 18 de agosto. Esa noche, a las dos horas de haberme quedado dormido, un estruendo espantoso me despertó.
Hans señaló a una enorme figura, que giraba al entrar y salir de las olas y se encontraba a menos de una milla de distancia.
¡Es una marsopa colosal!
¡Un lagarto marino!
¡Esos dientes son tan largos como puñales!
¡En el otro lado de la balsa había una tortuga marina y una serpiente, ambos gigantescos!

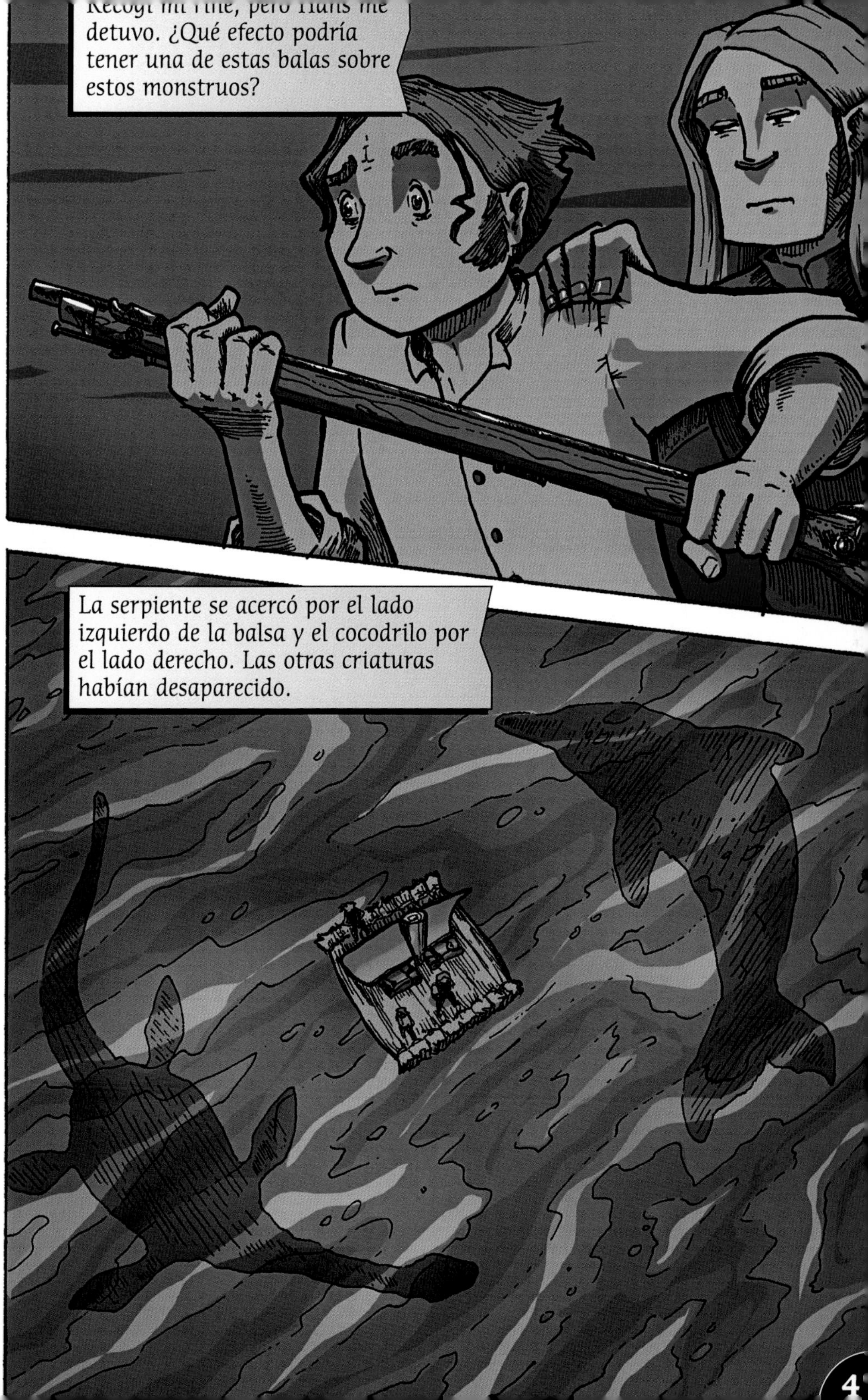
Recogí mi rifle, pero Hans me detuvo. ¿Qué efecto podría tener una de estas balas sobre estos monstruos?
La serpiente se acercó por el lado izquierdo de la balsa y el cocodrilo por el lado derecho. Las otras criaturas habían desaparecido.

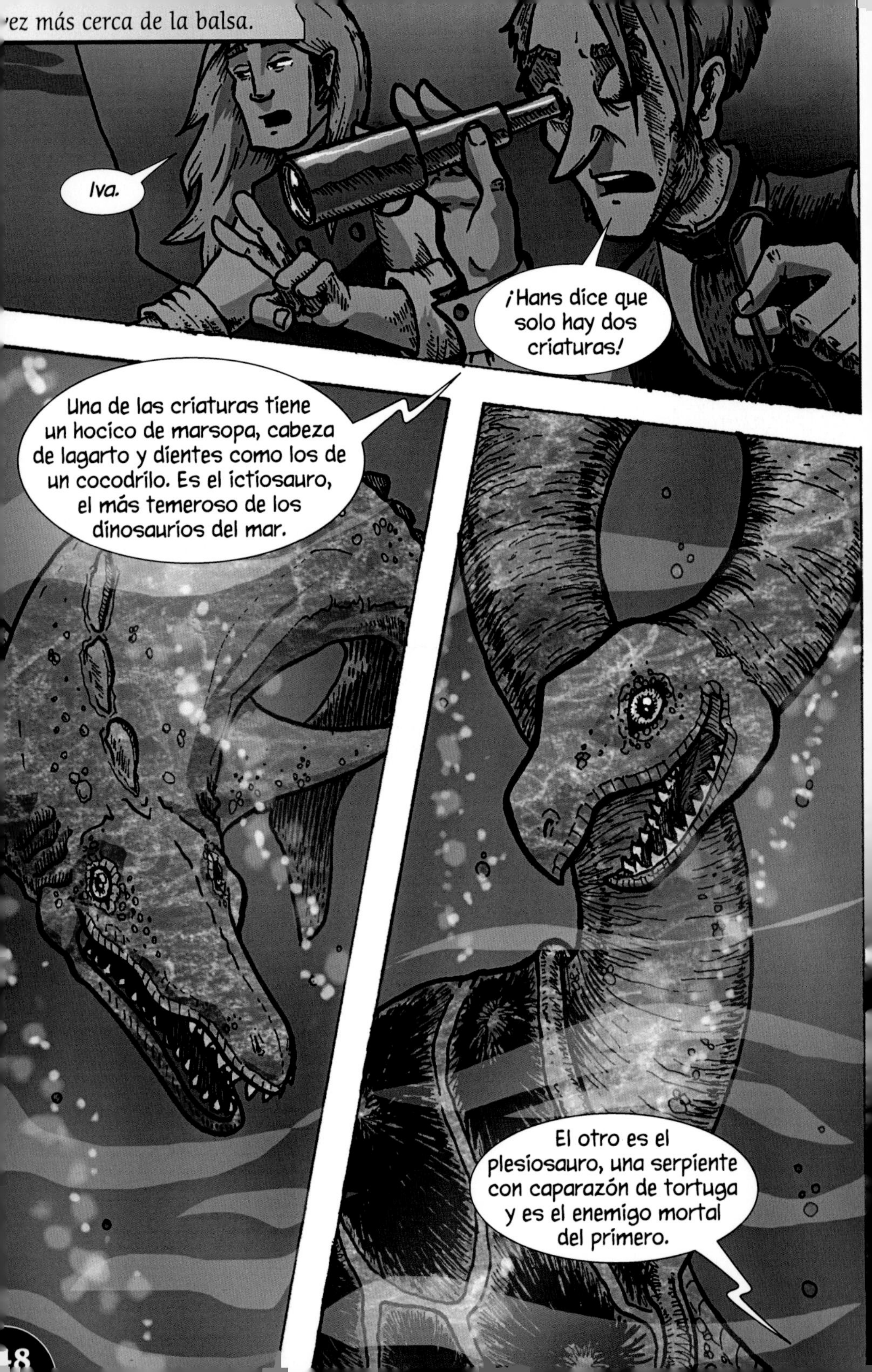

vez más cerca de la balsa.
Iva.
¡Hans dice que solo hay dos criaturas!
Una de las criaturas tiene un hocico de marsopa, cabeza de lagarto y dientes como los de un cocodrilo. Es el ictiosauro, el más temeroso de los dinosaurios del mar.
El otro es el plesiosauro, una serpiente con caparazón de tortuga y es el enemigo mortal del primero.

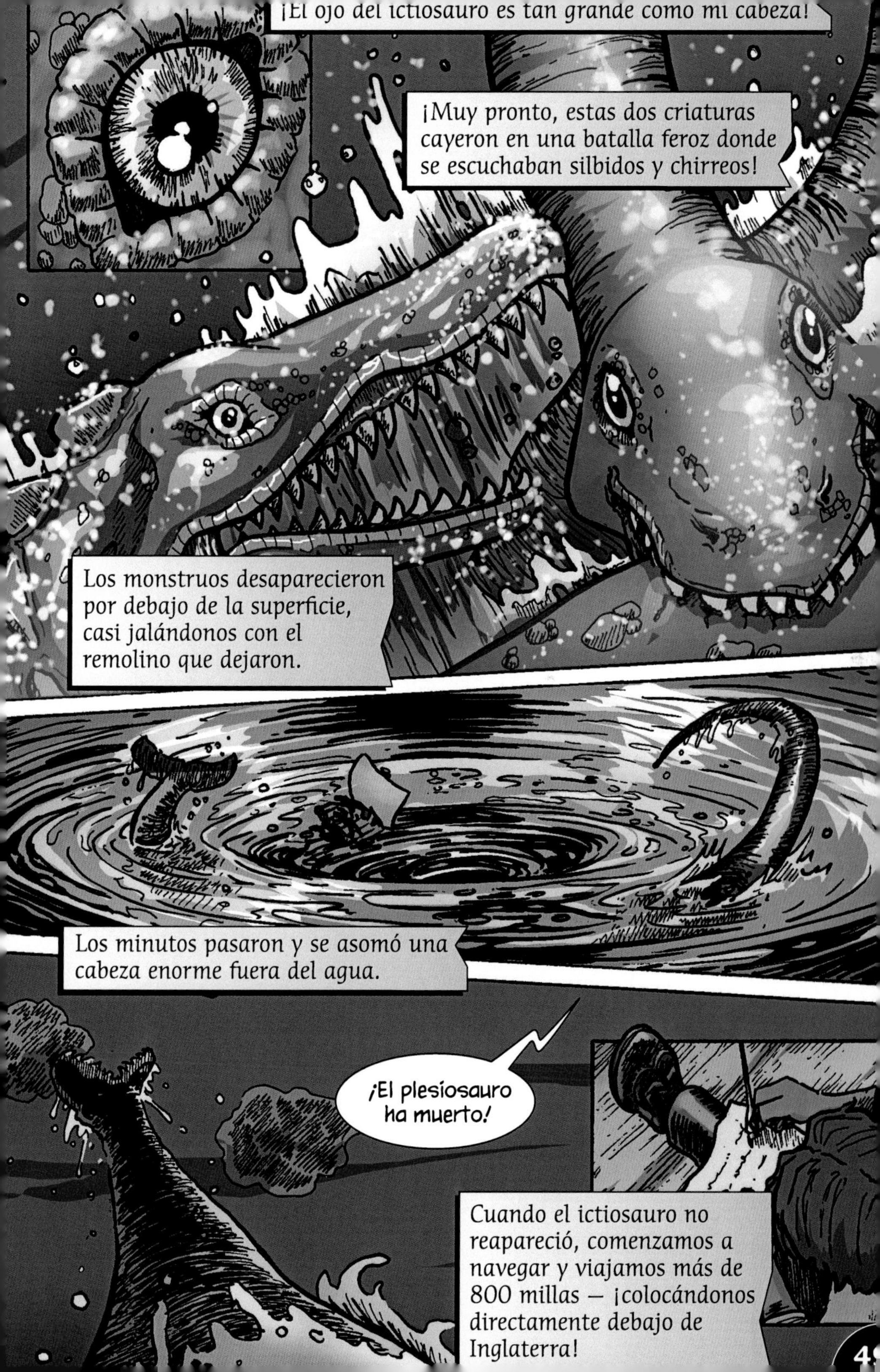
¡El ojo del ictiosauro es tan grande como mi cabeza!
¡Muy pronto, estas dos criaturas cayeron en una batalla feroz donde se escuchaban silbidos y chirreos!
Los monstruos desaparecieron por debajo de la superficie, casi jalándonos con el remolino que dejaron.
Los minutos pasaron y se asomó una cabeza enorme fuera del agua.
¡El plesiosauro ha muerto!
Cuando el ictiosauro no reapareció, comenzamos a navegar y viajamos más de 800 millas — ¡colocándonos directamente debajo de Inglaterra!

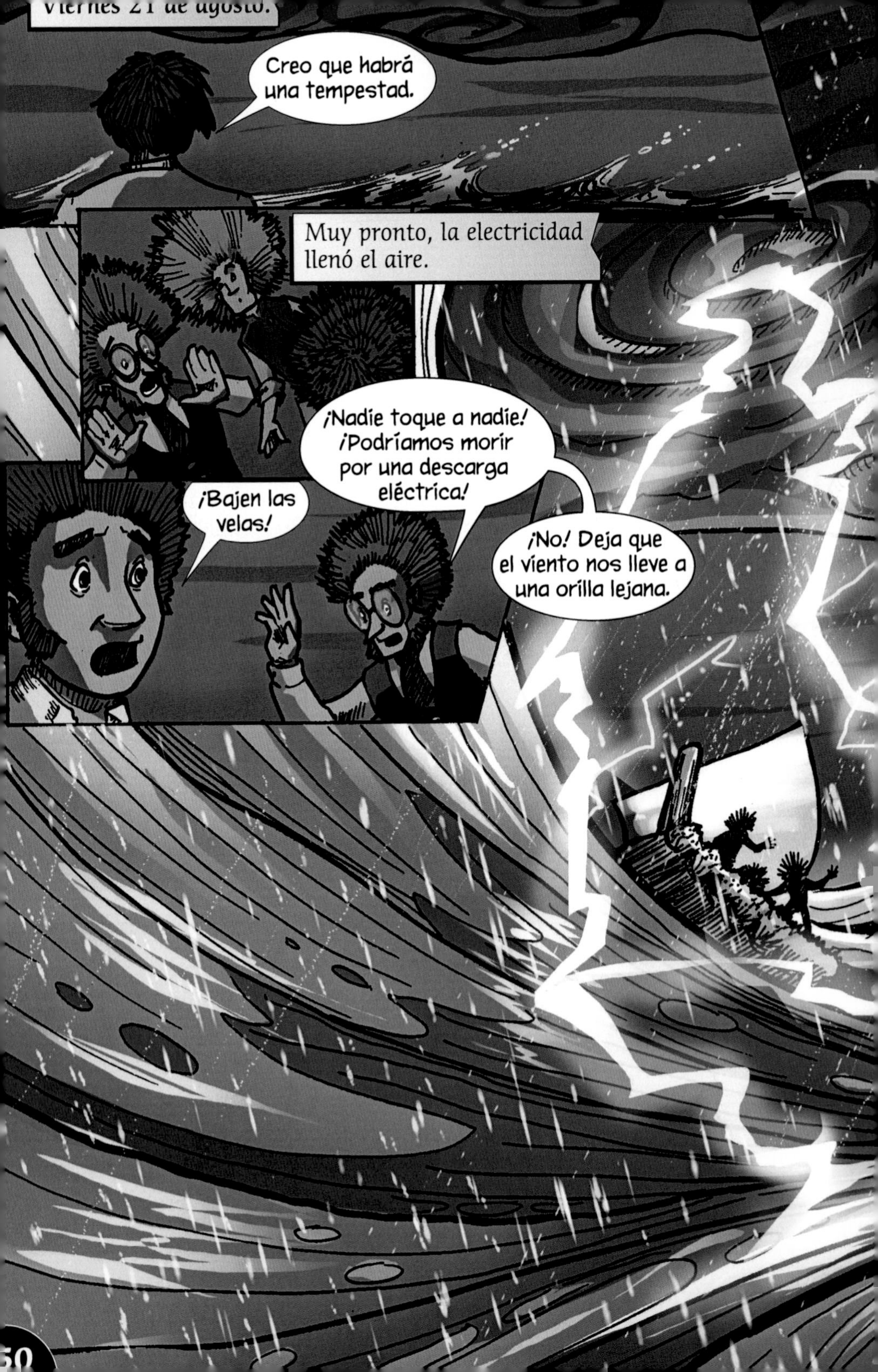

Viernes 21 de agosto.
Creo que habrá una tempestad.
Muy pronto, la electricidad llenó el aire.
¡Nadie toque a nadie! ¡Podríamos morir por una descarga eléctrica!
¡Bajen las velas!
¡No! Deja que el viento nos lleve a una orilla lejana.

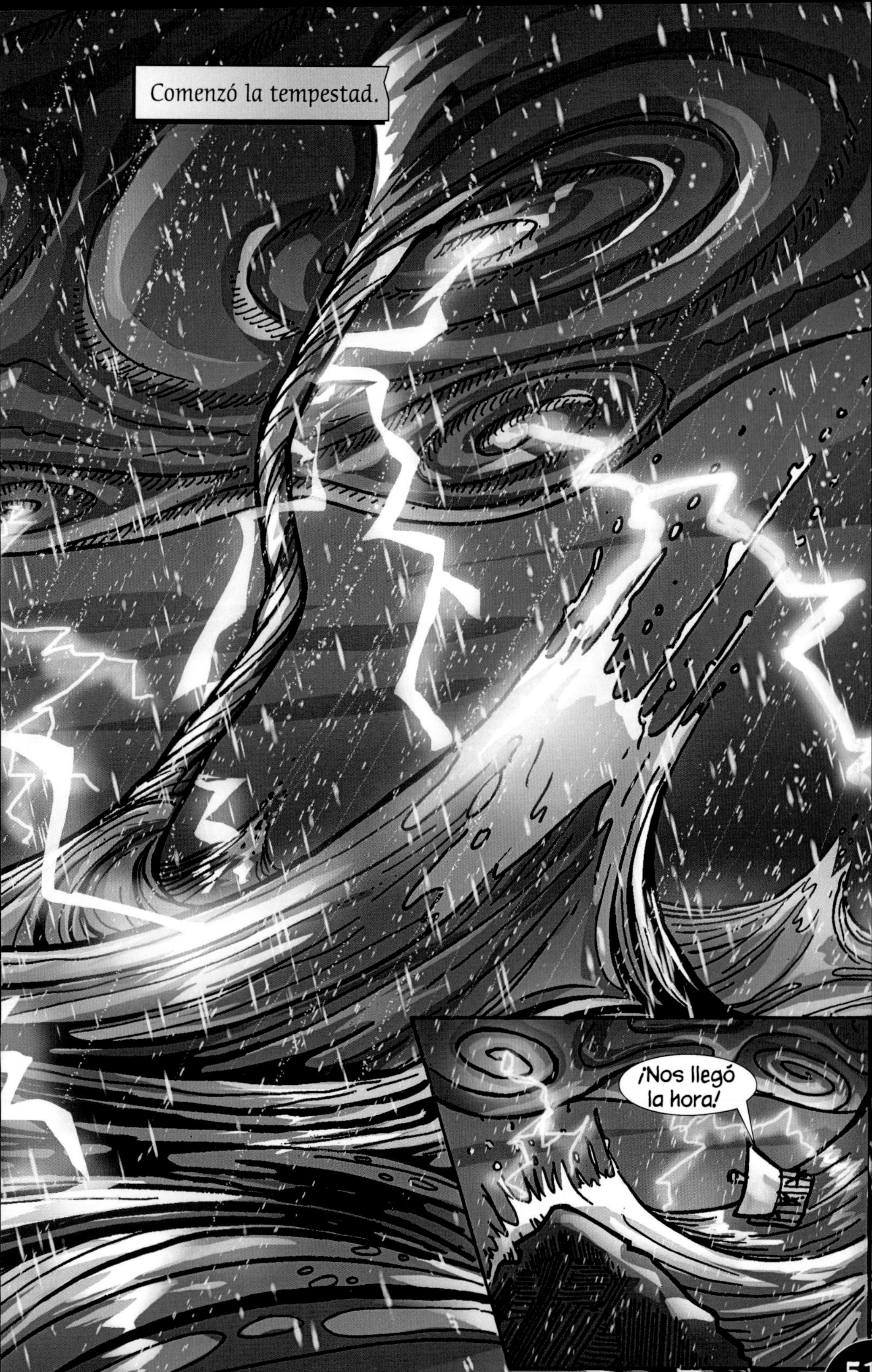
Comenzó la tempestad.
¡Nos llegó la hora!

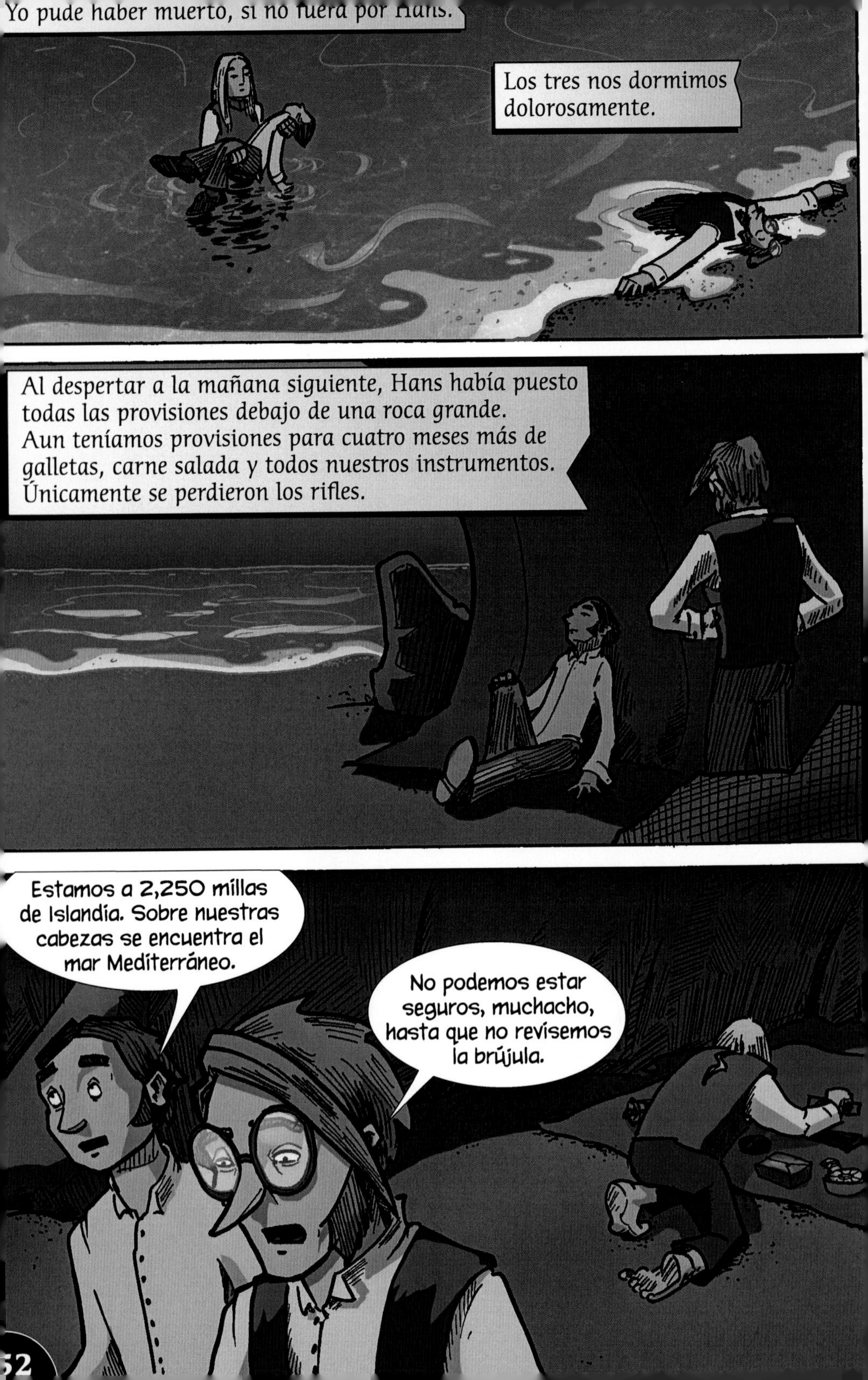
Yo pude haber muerto, si no fuera por Hans.
Los tres nos dormimos dolorosamente.
Al despertar a la mañana siguiente, Hans había puesto todas las provisiones debajo de una roca grande. Aun teníamos provisiones para cuatro meses más de galletas, carne salada y todos nuestros instrumentos. Únicamente se perdieron los rifles.
Estamos a 2,250 millas de Islandia. Sobre nuestras cabezas se encuentra el mar Mediterráneo.
No podemos estar seguros, muchacho, hasta que no revisemos la brújula.

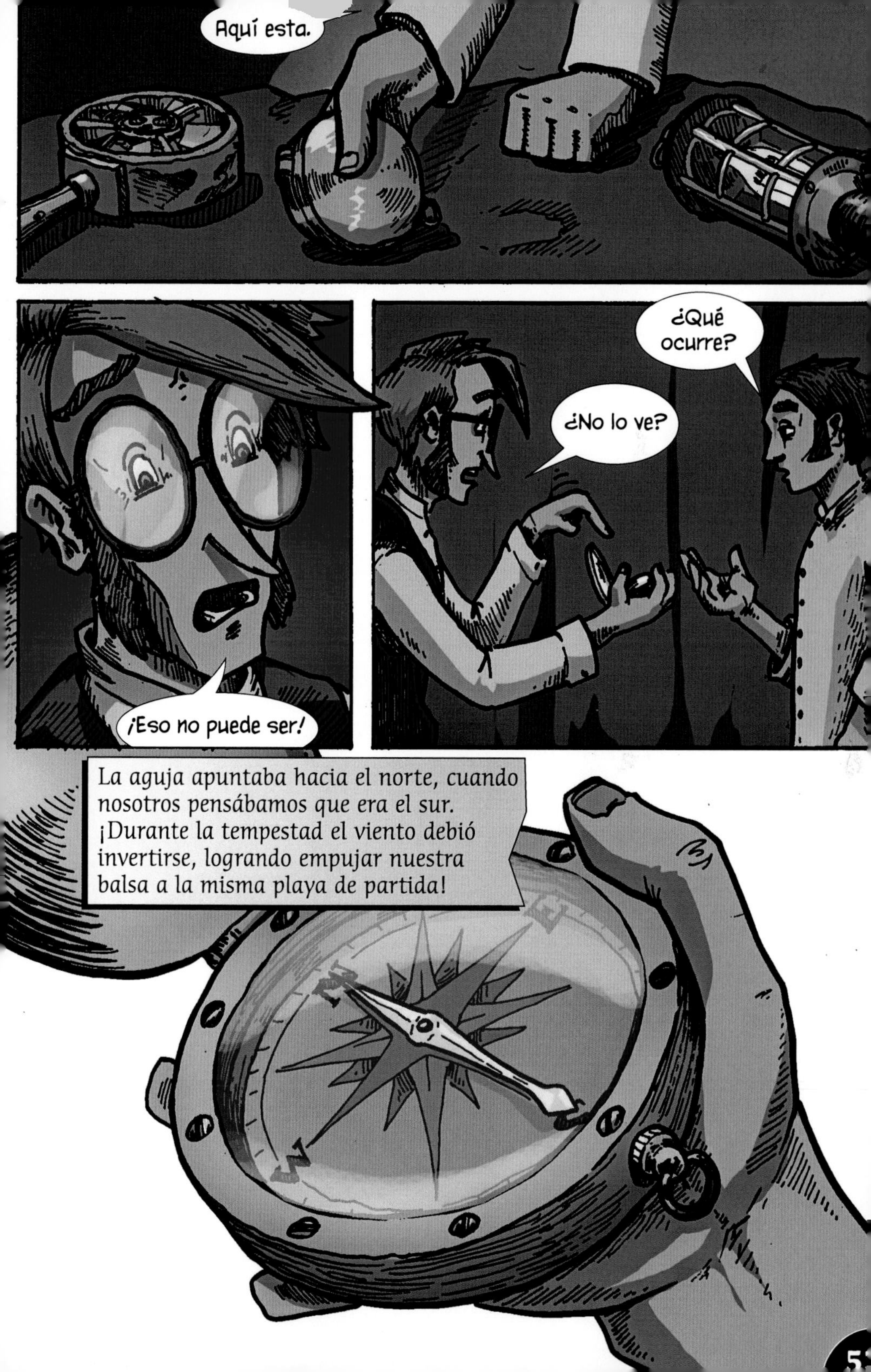
Aquí esta.
¡Eso no puede ser!
¿Qué ocurre?
¿No lo ve?
La aguja apuntaba hacia el norte, cuando nosotros pensábamos que era el sur. ¡Durante la tempestad el viento debió invertirse, logrando empujar nuestra balsa a la misma playa de partida!

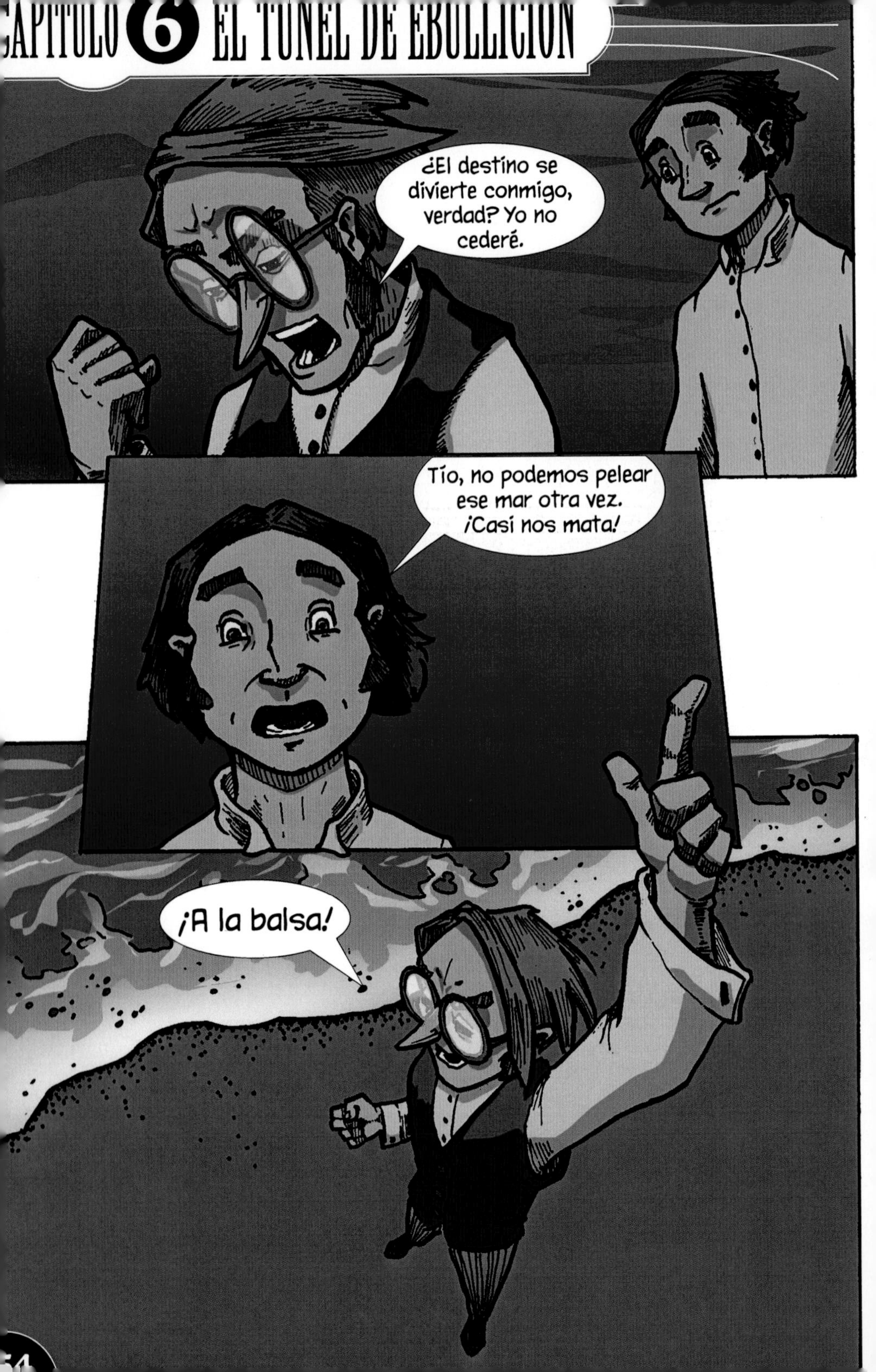
CAPÍTULO 6 EL TÚNEL DE EBULLICIÓN
¿El destino se divierte conmigo, verdad? Yo no cederé.
Tío, no podemos pelear ese mar otra vez. ¡Casi nos mata!
¡A la balsa!

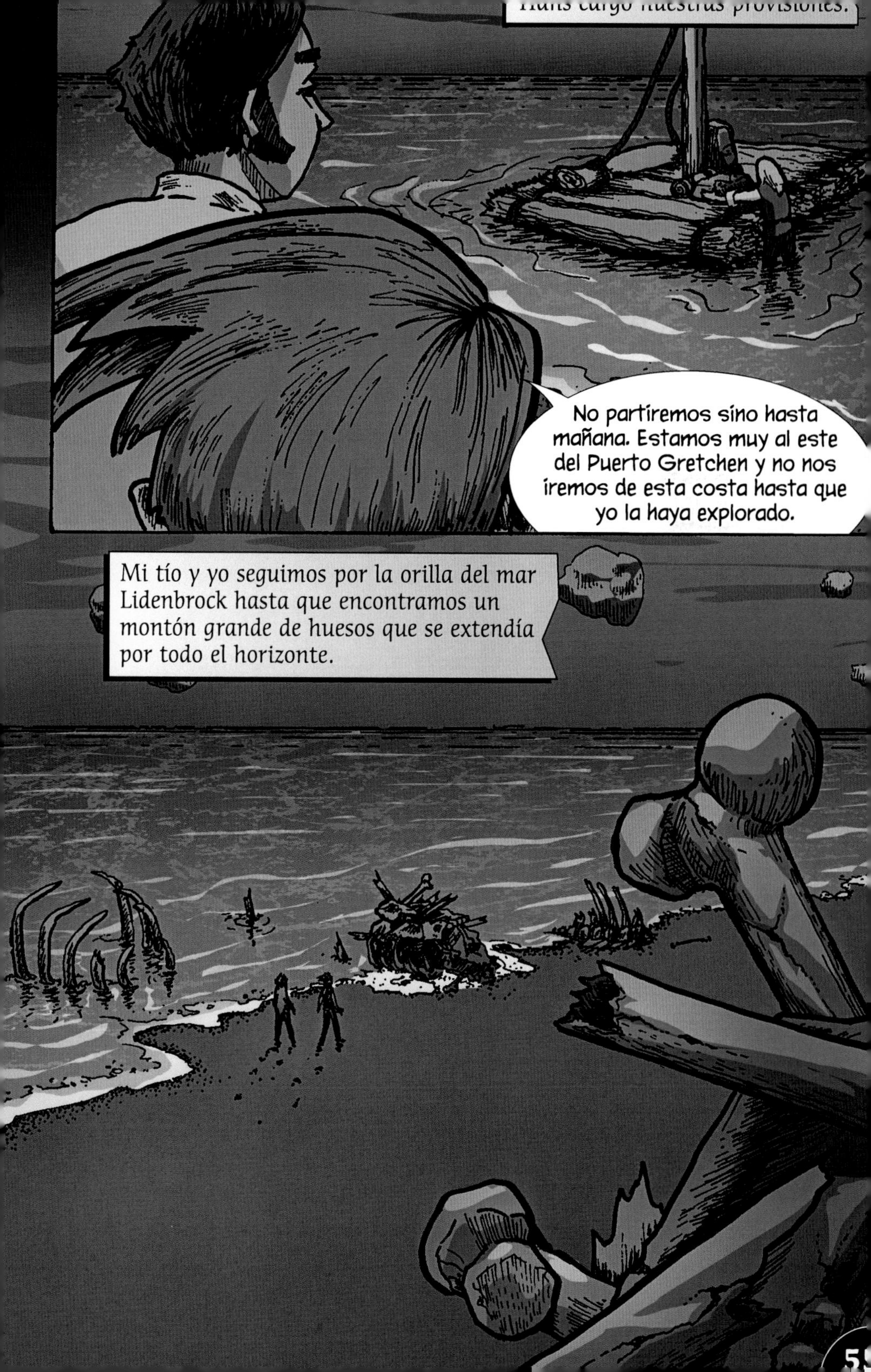
Hans cargó nuestras provisiones.
No partiremos sino hasta mañana. Estamos muy al este del Puerto Gretchen y no nos iremos de esta costa hasta que yo la haya explorado.
Mi tío y yo seguimos por la orilla del mar Lidenbrock hasta que encontramos un montón grande de huesos que se extendía por todo el horizonte.

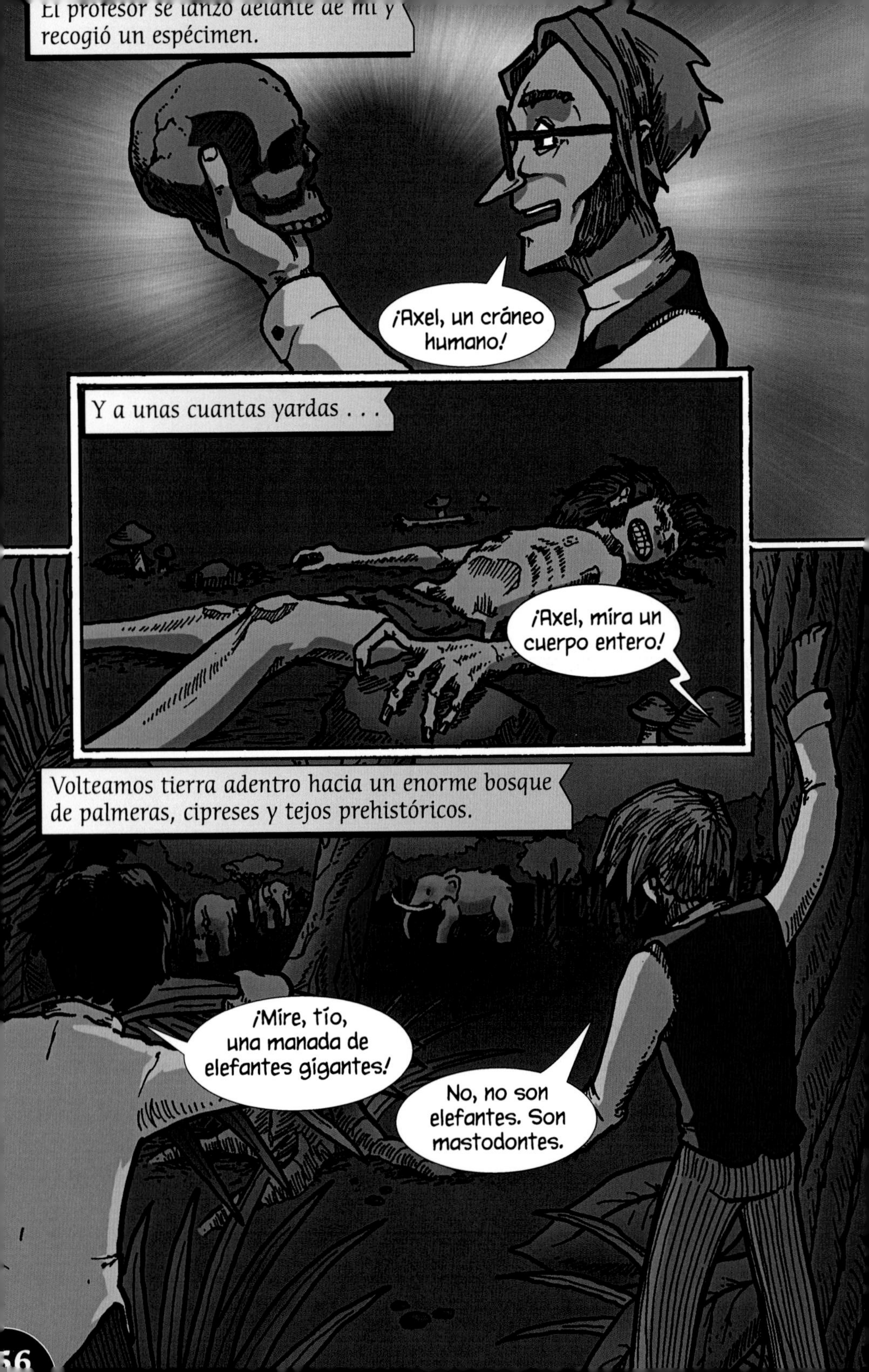
El profesor se lanzó delante de mí y recogió un espécimen.
¡Axel, un cráneo humano!
Y a unas cuantas yardas . . .
¡Axel, mira un cuerpo entero!
Volteamos tierra adentro hacia un enorme bosque de palmeras, cipreses y tejos prehistóricos.
¡Mire, tío, una manada de elefantes gigantes!
No, no son elefantes. Son mastodontes.

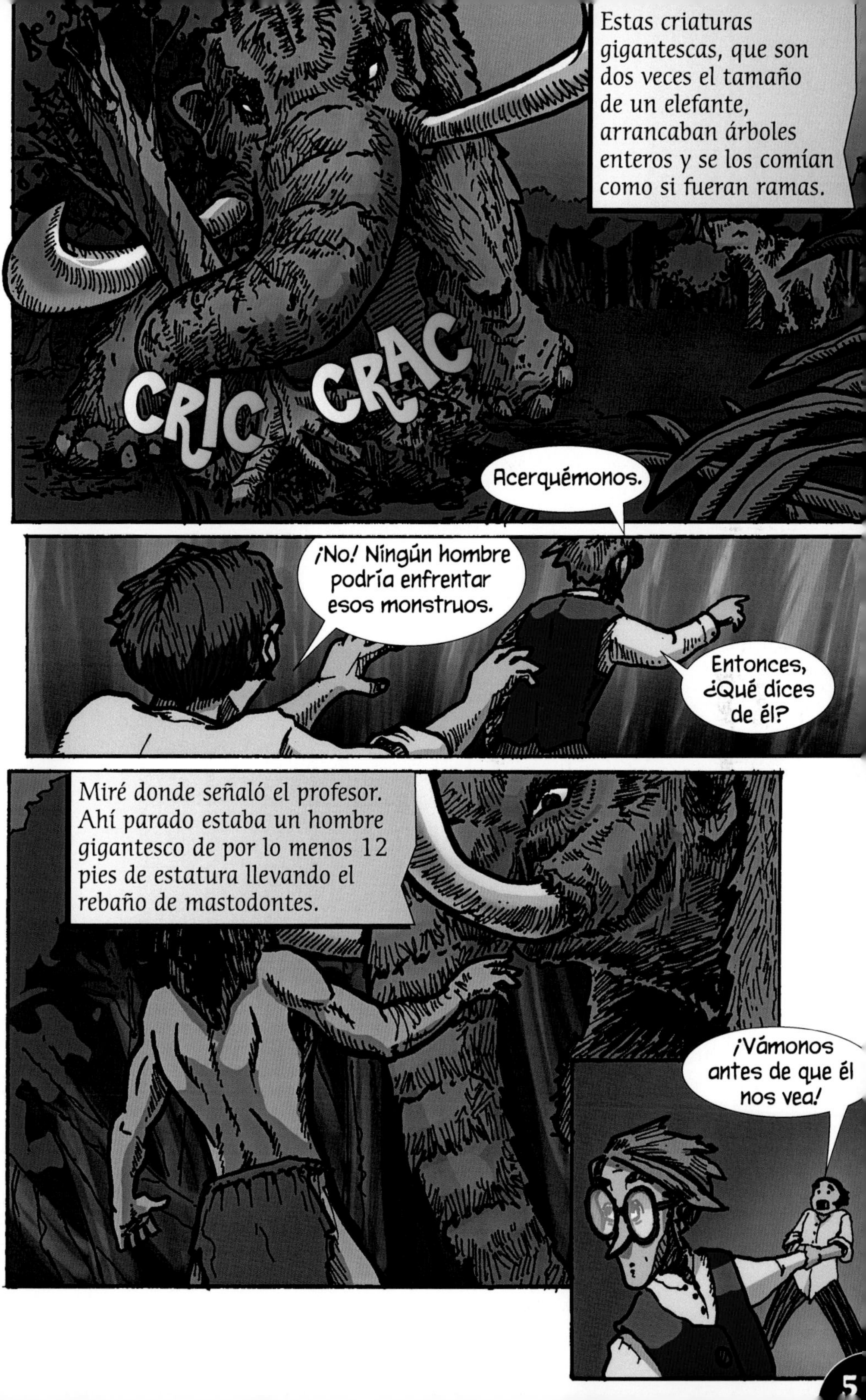
Estas criaturas gigantescas, que son dos veces el tamaño de un elefante, arrancaban árboles enteros y se los comían como si fueran ramas.
CRIC CRAC
Acerquémonos.
¡No! Ningún hombre podría enfrentar esos monstruos.
Entonces, ¿Qué dices de él?
Miré donde señaló el profesor. Ahí parado estaba un hombre gigantesco de por lo menos 12 pies de estatura llevando el rebaño de mastodontes.
¡Vámonos antes de que él nos vea!

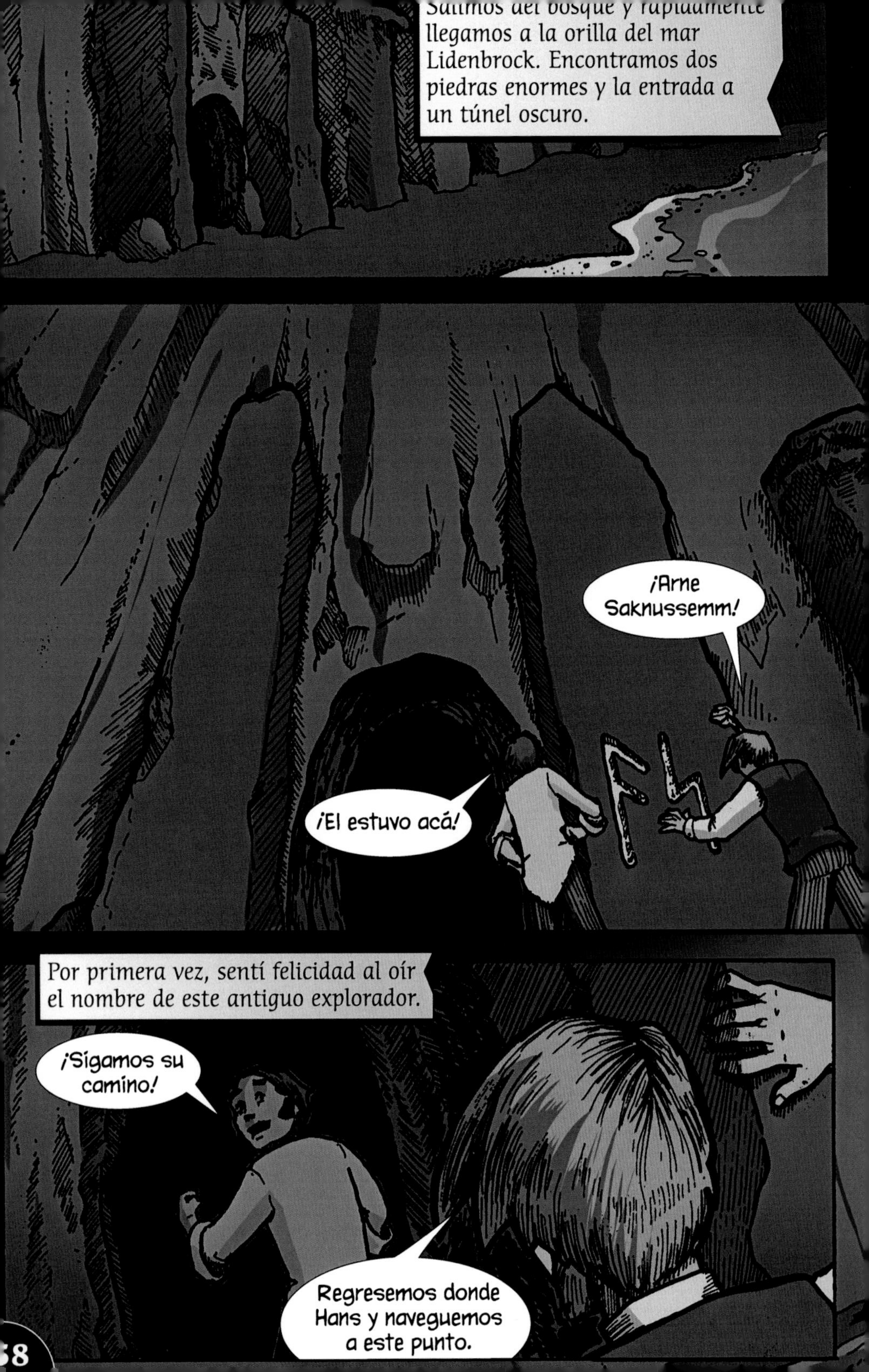
Salimos del bosque y rápidamente llegamos a la orilla del mar Lidenbrock. Encontramos dos piedras enormes y la entrada a un túnel oscuro.
¡Arne Saknussemm!
¡El estuvo acá!
Por primera vez, sentí felicidad al oír el nombre de este antiguo explorador.
¡Sigamos su camino!
Regresemos donde Hans y naveguemos a este punto.

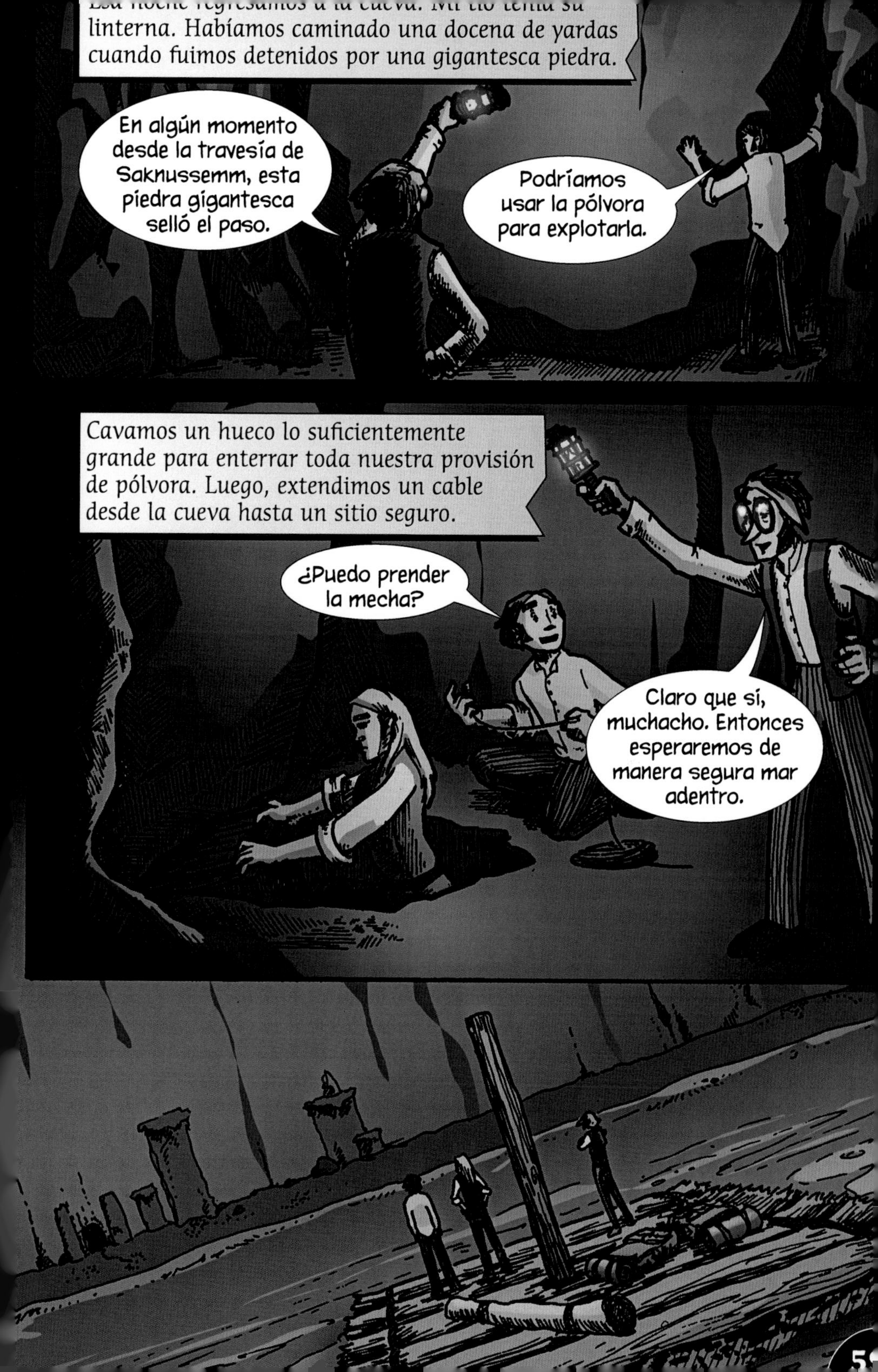
Esa noche regresamos a la cueva. Mi tío tenía su linterna. Habíamos caminado una docena de yardas cuando fuimos detenidos por una gigantesca piedra.
En algún momento desde la travesía de Saknussemm, esta piedra gigantesca selló el paso.
Podríamos usar la pólvora para explotarla.
Cavamos un hueco lo suficientemente grande para enterrar toda nuestra provisión de pólvora. Luego, extendimos un cable desde la cueva hasta un sitio seguro.
¿Puedo prender la mecha?
Claro que sí, muchacho. Entonces esperaremos de manera segura mar adentro.

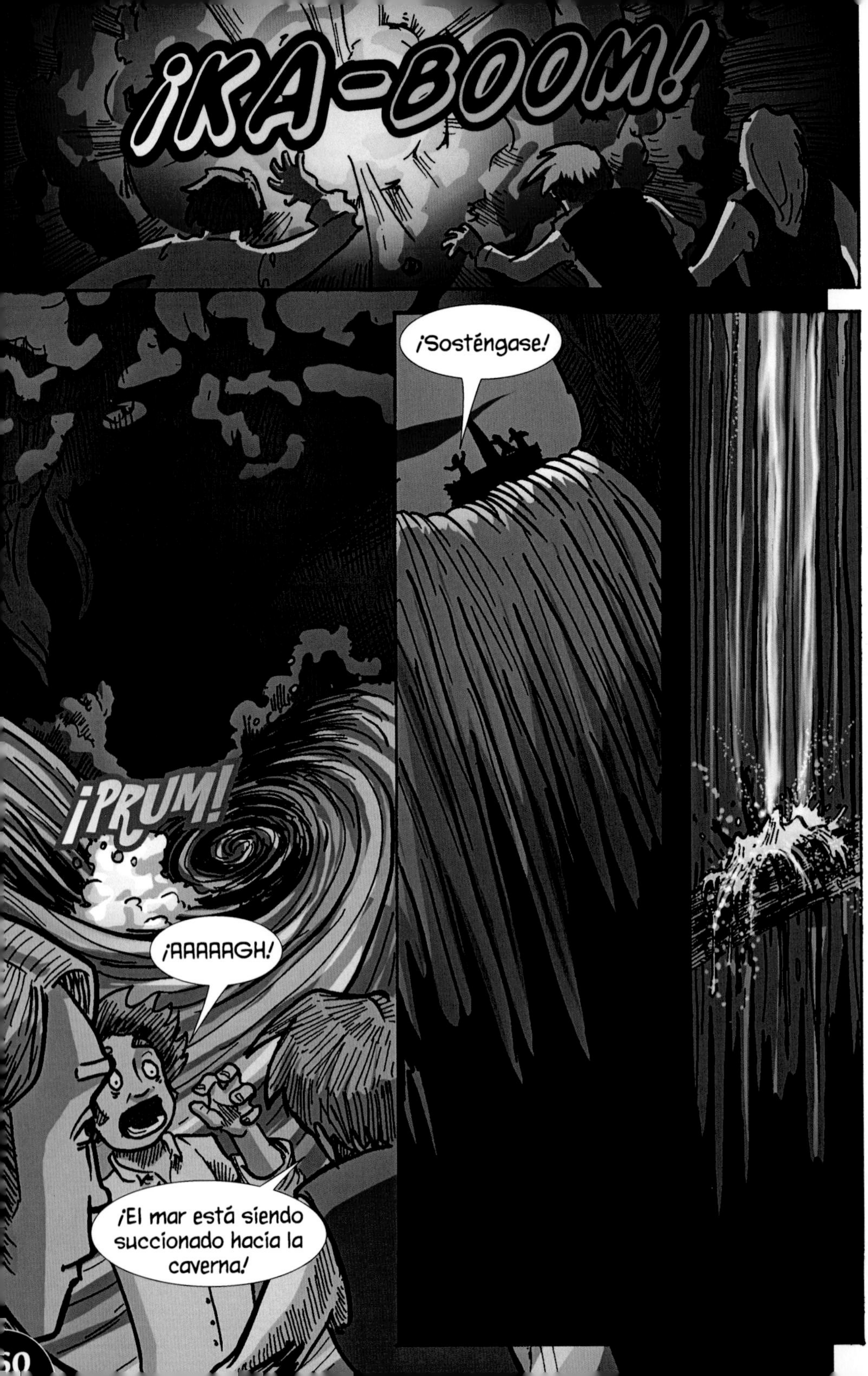
¡KA-BOOM!
¡Sosténgase!
¡PRUM!
¡AAAAAGH!
¡El mar está siendo succionado hacia la caverna!

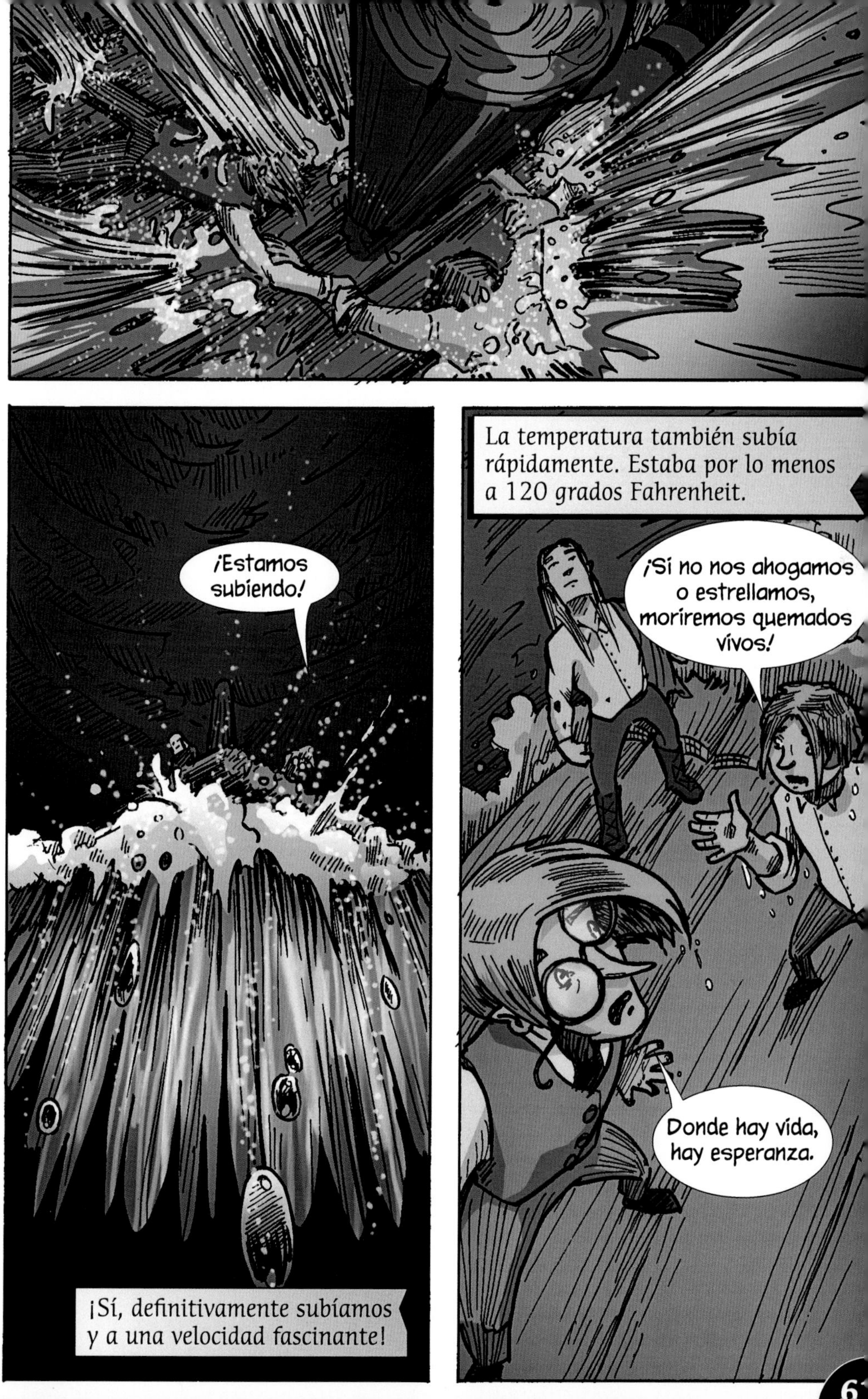
¡Estamos subiendo!
¡Sí, definitivamente subíamos y a una velocidad fascinante!
La temperatura también subía rápidamente. Estaba por lo menos a 120 grados Fahrenheit.
¡Si no nos ahogamos o estrellamos, moriremos quemados vivos!
Donde hay vida, hay esperanza.

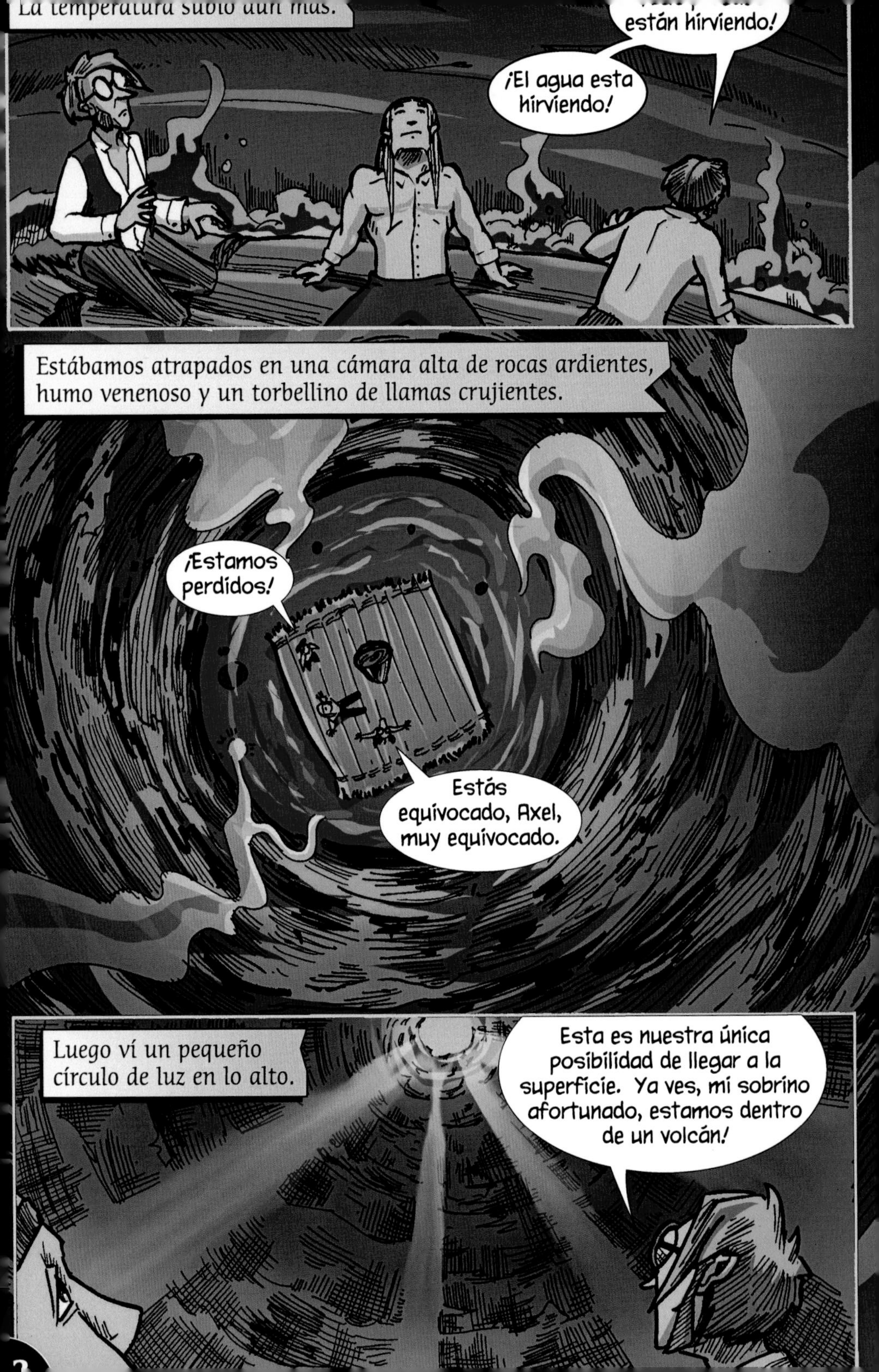
La temperatura subió aún más.
están hirviendo!
¡El agua esta hirviendo!
Estábamos atrapados en una cámara alta de rocas ardientes, humo venenoso y un torbellino de llamas crujientes.
¡Estamos perdidos!
Estás equivocado, Axel, muy equivocado.
Luego ví un pequeño círculo de luz en lo alto.
Esta es nuestra única posibilidad de llegar a la superficie. Ya ves, mi sobrino afortunado, estamos dentro de un volcán!

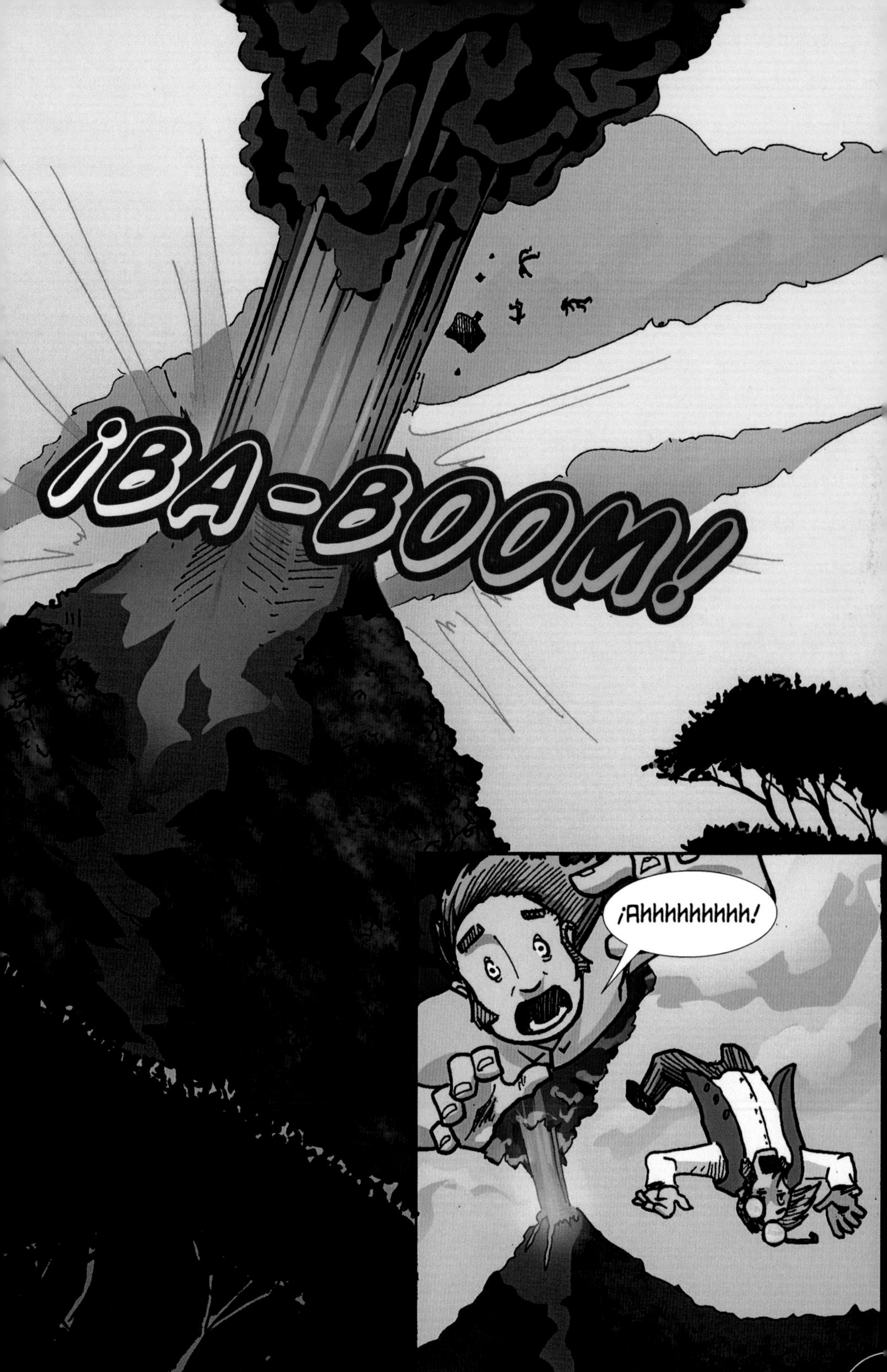
¡BA-BOOM!
¡Ahhhhhhhhh!

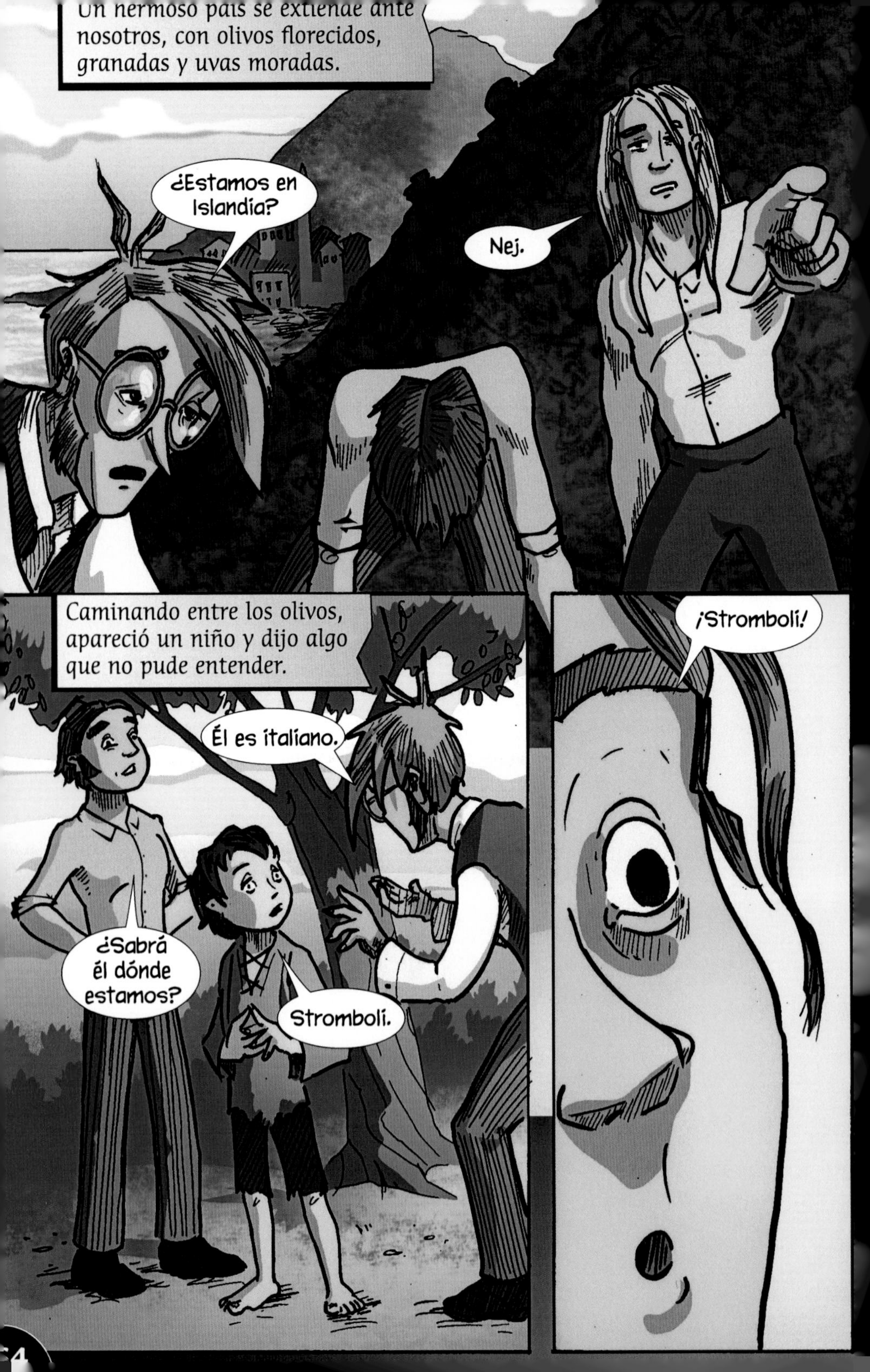
Un hermoso país se extiende ante nosotros, con olivos florecidos, granadas y uvas moradas.
¿Estamos en Islandia?
Nej.
Caminando entre los olivos, apareció un niño y dijo algo que no pude entender.
Él es italiano.
¿Sabrá él dónde estamos?
Stromboli.
¡Stromboli!

Estuvimos en Sicilia, al borde del Mediterráneo. Entramos a las entrañas de la tierra por un volcán y salimos por otro con más de 3,000 millas de separación.

Cuatro meses después de descubrir inicialmente el mapa, regresamos a casa. En nuestra ausencia, noticias de nuestro viaje habían circulado por todo Hamburgo y el resto del mundo.

Ahora que ya eres un héroe, Axel, nunca tendrás que dejarme de nuevo.

Al día siguiente Hans regresó a Islandia. Siempre recordaré al guía valiente que compartió nuestras aventuras y salvó nuestras vidas. El hizo que mi tío fuera el científico más feliz y a mi el más feliz de los hombres.

¡Y siempre recordaré mi asombroso viaje al centro de la tierra!

ACERCA DE JULIO VERNE

Julio Verne nació el 8 de febrero de 1828 en Francia. Creció cerca al río donde constantemente veía buques, esto hizo nacer en él, el deseo de viajar. Siendo un hombre joven, Verne hasta trató de escaparse y convertirse en un grumete. Afortunadamente, su padre lo retuvo y pronto Verne se fue a estudiar derecho en Paris. Estando allí, Verne para escapar del aburrimiento de sus estudios escribía historias. Cuando su padre se enteró de su afición, paró de mandarle dinero para sus estudios. Verne comenzó a vender sus historias, muchas de las cuales se volvieron muy famosas, incluyendo *Viaje al Centro de la Tierra* en 1864. Antes de morir en 1905, el autor compró un barco y navegó alrededor de Europa.

ACERCA DEL NARRADOR

Davis Worth Miller y Katherine McLean Brevard son una pareja de casados que viven y trabajan en Carolina del Norte. Ambos son escritores de tiempo completo. Miller ha escrito varios libros de grandes ventas editoriales. El ahora está trabajando en una memoria y en unas novelas con su esposa.

ACERCA DEL ILUSTRADOR

Greg Rebis nació en Nueva York pero creció principalmente en el centro de la Florida. Después de trabajar para el gobierno, entregando pizza, vendiendo música al por menor y corrigiendo pruebas; él eventualmente encontró trabajo en publicaciones, filmación y gráficas. El vive y estudia en Rhode Island y todavía le encanta el arte, la ciencia ficción y los juegos de video.

GLOSARIO

abismo—un hueco muy profundo

antiguo—que existió hace mucho tiempo

espécimen—una muestra pequeña para usarse en exámenes científicos

expedición—un viaje largo que se realiza con un propósito específico

ictiosauro—un reptil gigantesco, extinto, que tenía un hocico dientudo, que vivió hace 250 millones de años

mastodonte—un mamífero extinto que parecía un elefante gigantesco

plesiosauro—un reptil gigante marino extinto con una cabeza pequeña, cola corta y un cuerpo parecido al de la tortuga

prehistórico—lo que ocurrió en un tiempo antes que la historia fuera escrita

ración—utilizando solamente una cantidad pequeña

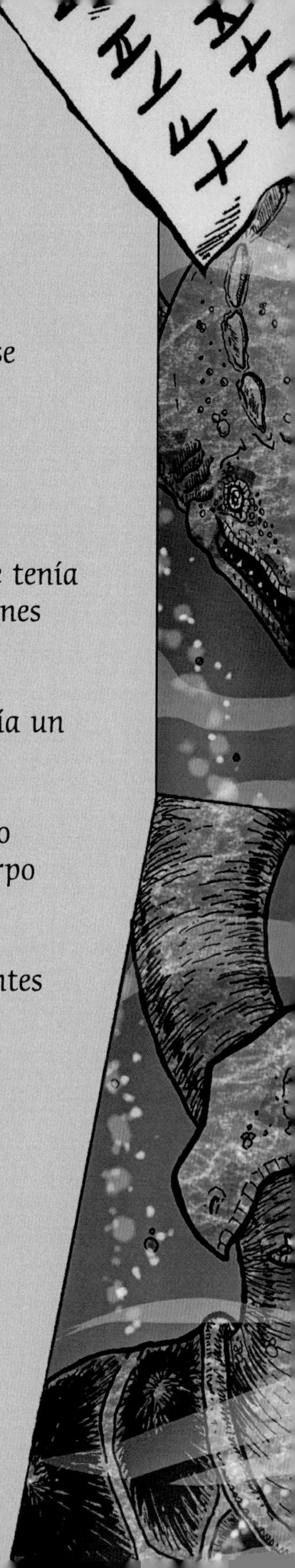

MÁS SOBRE EL CENTRO DE LA TIERRA

El autor, Julio Verne, se imaginó que el centro de la tierra estaba lleno de ríos, océanos, dinosaurios y hongos gigantescos. ¡Sin embargo, los científicos creen que el centro del planeta esta compuesto por cosas aun más maravillosas!

Imagínese a la tierra como un huevo. Un huevo tiene tres partes: la cáscara, la clara y la yema. La tierra también tiene tres capas principales: la corteza, el manto y el núcleo.

La Corteza

Así como la cáscara del huevo, la corteza es la capa rígida y externa de la Tierra. Es también, la capa más delgada. Debajo de los océanos, la corteza tiene aproximadamente un grosor de solo 6 millas. La corteza está compuesta casi en su totalidad de rocas como el granito y el basalto.

El Manto

Debajo de la corteza está la capa más gruesa. De aproximadamente 1,800 millas de grosor, la manta constituye casi el 80% de la Tierra. Esta capa es también muy caliente. ¡Inclusive, tan caliente, que la mayoría del material pedregoso se ha derretido y convertido en líquido!

El Núcleo

El núcleo de la Tierra está compuesto por dos partes, núcleo externo y núcleo interno. Ambas partes contienen hierro y níquel. En el núcleo externo estos elementos se derriten en líquido ya que la temperatura aproxima los 10,000 grados Fahrenheit. A pesar de tener temperaturas más calientes, el núcleo interno permanece sólido bajo presión extrema. ¡Esta bola sólida es casi del tamaño de la Luna!

Los científicos utilizan equipo de alta tecnología para hacer sus predicciones sobre el centro de la Tierra, sin embargo nunca han estado ahí. Por cierto, el hoyo más profundo que se ha taladrado es de solo 7.6 millas dentro de la corteza de la Tierra. ¡El centro de la tierra esta a más de 3,800 millas por debajo de nuestros pies! Si nos imaginamos a la Tierra como un huevo, nuestro hoyo más profundo solo rasparía la cáscara de este huevo.

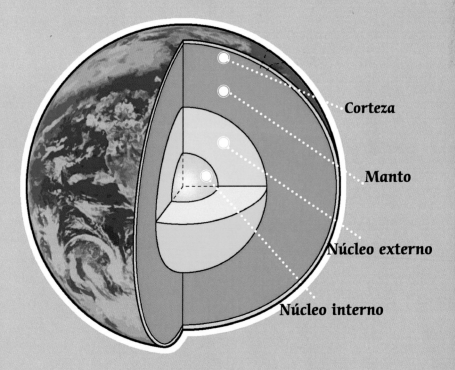

Corteza

Manto

Núcleo externo

Núcleo interno

PREGUNTAS PARA DISCUTIR

1. Cada uno de los exploradores tenía diferentes habilidades que ayudaron a que el grupo sobreviviera el viaje. Nombre por lo menos una habilidad para cada personaje. ¿Usted quién cree que fue el más importante para la supervivencia del grupo? ¿Por qué?

2. A Axel, Tío Lidenbrock y Hans casi se les agota el agua. En vez de regresar a la superficie, se arriesgaron y continuaron el viaje. ¿Será que todos los riesgos son buenos? Piense en un ejemplo de un riesgo bueno y un riesgo malo.

3. Al final de la historia, nos enteramos que Axel y el tío Lidenbrock nunca regresan al centro de la tierra. ¿Por qué cree usted que nunca regresaron? ¿Usted hubiera regresado? Explique su repuesta.

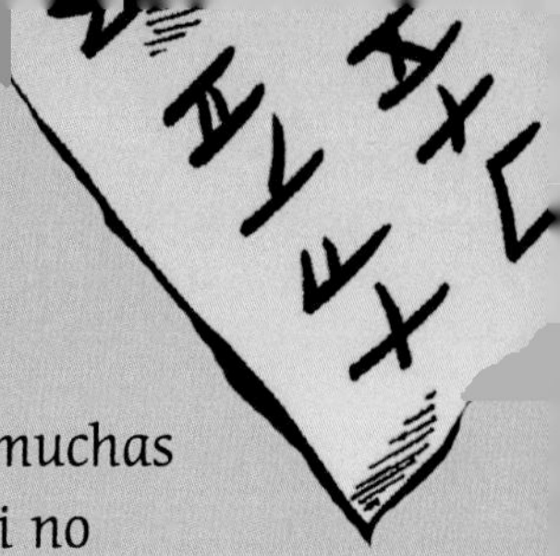

IDEAS PARA ESCRIBIR

1. Los exploradores en la historia compraron muchas provisiones para su viaje. Sin embargo, casi no sobreviven. ¿Si usted fuera a realizar el mismo viaje y solo podría traer tres cosas, cuáles serían? Explique su selección.

2. Encuentre un globo o un mapa del mundo. Con sus ojos cerrados, apunte a un lugar sobre el globo o el mapa. Deje caer su dedo sobre el mapa o globo y escriba una historia de aventura sobre como llegaría a ese lugar y qué encontraría.

3. A veces los autores no pueden pensar en una idea para una historia. Si alguna vez tiene este problema, comience con un título. Escriba una historia con el título *Viaje al Centro de la Luna*. ¿Cómo llegarían sus personajes a la luna? ¿Qué encontrarían ahí?

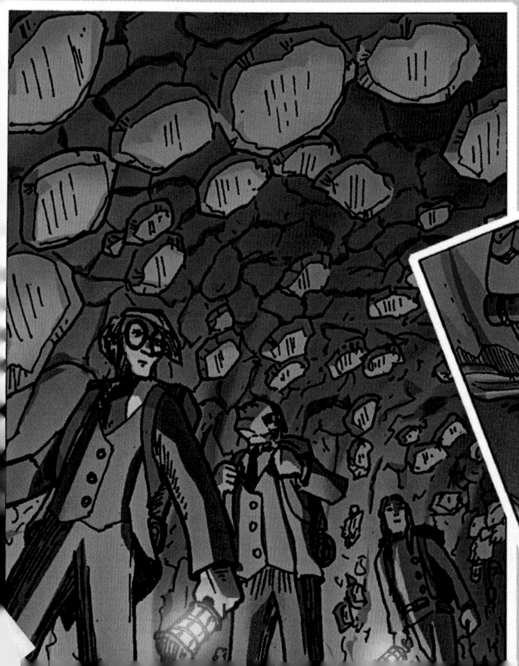

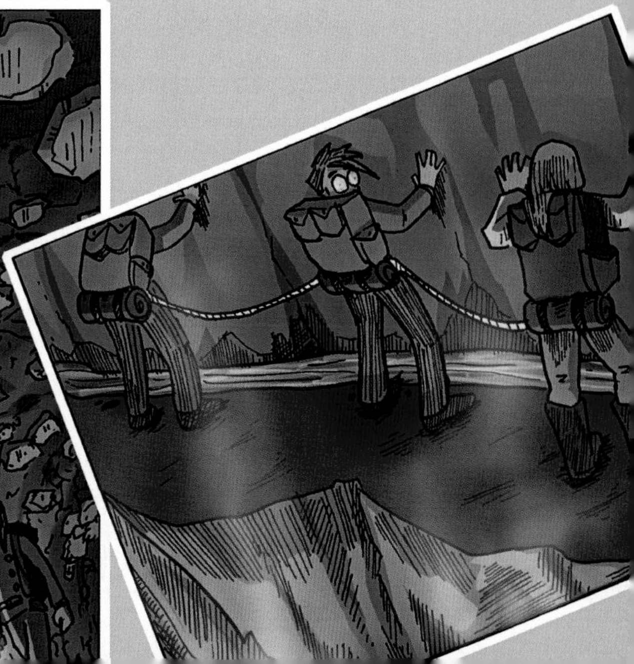

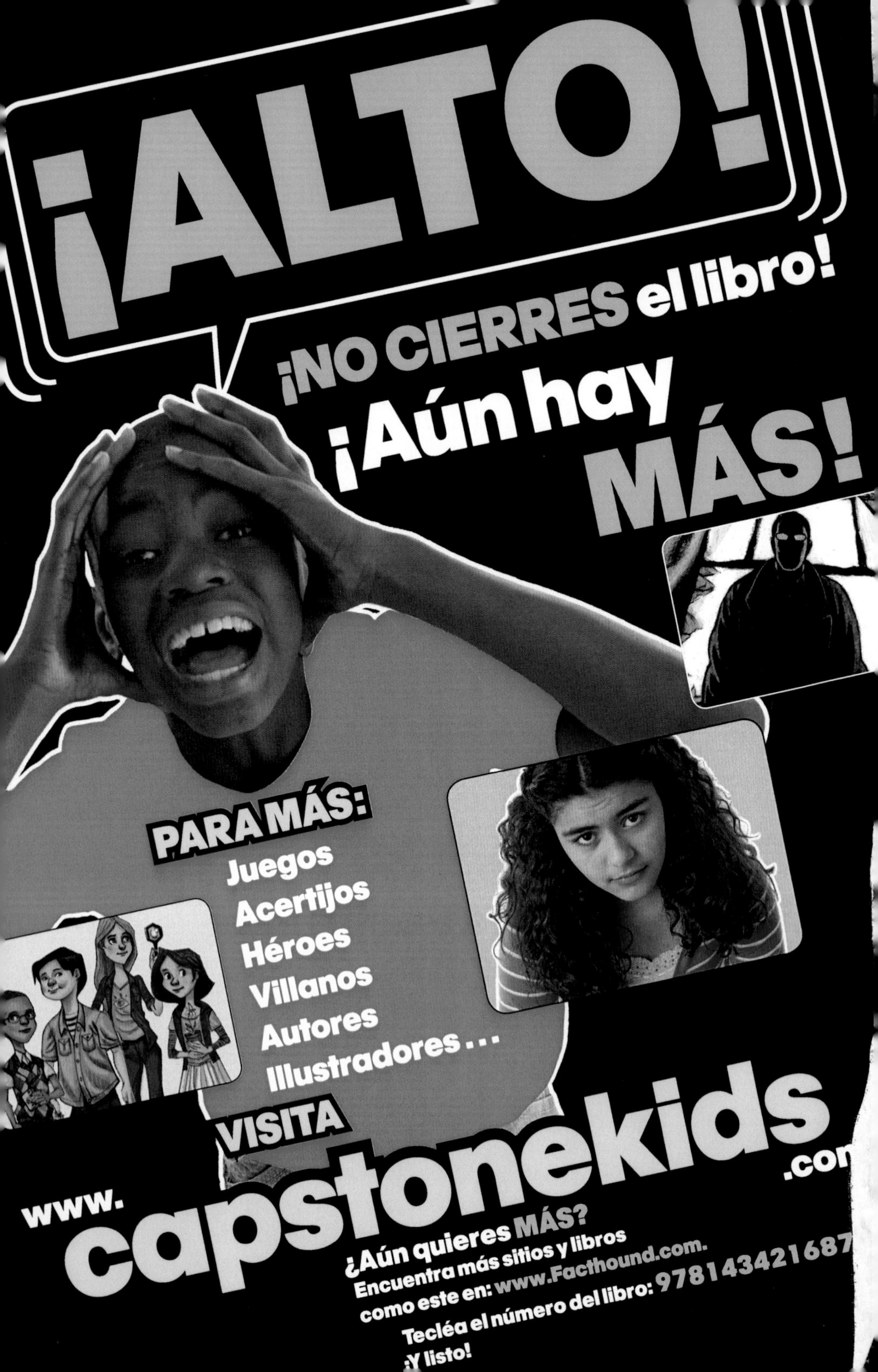
¡ALTO!
¡NO CIERRES el libro!
¡Aún hay MÁS!
PARA MÁS:
Juegos
Acertijos
Héroes
Villanos
Autores
Illustradores . . .
VISITA
www.capstonekids.com
¿Aún quieres MÁS?
Encuentra más sitios y libros
como este en: www.Facthound.com.
Tecléa el número del libro: 978143421687
¡Y listo!